KOM

JOHANN NESTR

W
DE
G

KOMEDIA

DEUTSCHE LUSTSPIELE

VOM BAROCK BIS ZUR GEGENWART

Texte und Materialien zur Interpretation

Herausgegeben von

HELMUT ARNTZEN und KARL PESTALOZZI

17

WALTER DE GRUYTER · BERLIN · NEW YORK

1971

JOHANN NESTROY

DER TALISMAN

Posse mit Gesang in drei Acten

Text und Materialien zur Interpretation

besorgt von

HELMUT HERLES

WALTER DE GRUYTER · BERLIN · NEW YORK

1971

ISBN 3 11 001869 1

PERSONEN

TITUS FEUERFUCHS, ein vazirender Barbiergeselle.

FRAU VON CYPRESSENBURG, Witwe.

EMMA, ihre Tochter.

CONSTANTIA, ihre Kammerfrau, ebenfalls Witwe.

FLORA BAUMSCHEER, Gärtnerin,
ebenfalls Witwe,
⎫
⎬ im Dienste
⎭ der Frau
von Cypressenburg.

PLUTZERKERN, Gärtnergehülfe,

MONSIEUR MARQUIS, Friseur.

SPUND, ein Bierversilberer.

CHRISTOPH, ⎫
⎪
HANNS, ⎬ Bauernbursche.
⎪
SEPPEL, ⎭

HANNERL, Bauernmädchen.

EIN GARTENKNECHT.

GEORG, ⎫
⎬ Bediente der Frau von Cypressenburg.
KONRAD, ⎭

HERR VON PLATT.

NOTARIUS FALK.

SALOME POCKERL, Gänsehütherin.

HERREN, DAMEN, BAUERNBURSCHE, BAUERNMÄDCHEN, BEDIENTE,
GÄRTNER.

*Die Handlung spielt auf einem Gute der Frau von Cypressenburg, nahe
bei einer großen Stadt.*

ERSTER AUFZUG

Die Bühne stellt einen Dorfplatz vor. In der Mitte gegen den Hinter-grund ein Brunnen mit zwei sich gegenüberstehenden Steinsitzen links eine Gartenmauer mit einer kleinen, offenstehenden Thür, welche in den Herr-schaftsgarten führt.

Erster Auftritt.

BAUERNMÄDCHEN, *darunter Hannerl, treten während dem Ritornell des folgenden Chores aus dem Hintergrunde links auf.*

Chor

DIE MÄDCHEN. Au'm Nachkirtag tanzt man schon in aller Fruh',
Dort kommen die Burschen und holen uns dazu.

DIE BAUERNBURSCHE, *darunter Christoph und Hanns von der Seite rechts auftretend.*
Wo bleibt's denn? Laßt keine sich sehn, das ist schön,
Au'm Tanzboden thut's drüber und drunter schon gehn.

DIE MÄDCHEN. Wir sind schon bereit.

DIE BURSCHE. So kommt's, es ist Zeit.

ALLE. Es hat jed's sein' Gegentheil, die Wahl ist nit schwer,
D' Musikanten soll'n aufspiel'n, heut geht's lustig her.

CHRISTOPH *zu einem Bauernmädchen.* Wir zwei tanzen miteinand'.

HANNS *zu einer anderen.* Wir zwei sind schon seit zehn Kirtäg ein Paar.

HANNERL *zu einem Burschen.* Ich tanz' auf der Welt mit kein'm andern, als mit dir.

CHRISTOPH *nach links in den Hintergrund sehend.* Da schaut's, da kommt die Salome.

HANNERL. Mit die baßgeig'nfarbnen Haar'.

CHRISTOPH. Was will denn die auf'm Kirtag.

HANNERL. Eure Herzen anbrandeln, das is doch klar.

Zweiter Auftritt.

VORIGE, SALOME.

SALOME *in ärmlich ländlichem Anzug und mit rothen Haaren, kommt aus dem Hintergrunde links.* Da geht's ja gar lustig zu; wird schon au'm Tanzboden 'gangen, net wahr?

CHRISTOPH *kalt.* Is möglich.

SALOME. Ös werdt's doch nix dagegen hab'n, wenn ich auch mit-geh'?

HANNS. No ja, — warum net, — mitgehn kann jed's.

CHRISTOPH *mit Beziehung auf ihre Haare.* Aber 's is weg'n der Feuersg'fahr.

HANNS *ebenso.* Es is der Wachter dort —

CHRISTOPH *wie oben.* Und der hat ein'n starken Verdacht auf dich; du hast deine Gäns' beim Stadl vorbeitrieben, der vorgestern ab-brennt is.

HANNERL. Und da glaubt man, du hast'n anzund'n mit deiner Fri-sur.

SALOME. Das is recht abscheulich, was Ihr immer habt's über mich; — aber freilich, ich bin die einzige im Ort, die solche Haare hat. Für die Schönste wollt's mich nicht gelten lassen, drum setzt's mich als die Wildeste herab.

DIE MÄDCHEN. Ah, das is der Müh' wert, die wollt' die Schönste seyn!

CHRISTOPH *zu Salome.* Schau halt, daß d' ein Tänzer find'st.

SEPPEL *ein sehr häßlicher Bursch.* Ich tanz' mit ihr, was kann mir denn g'schehn?

CHRISTOPH. Was fallt dir denn ein? Ein Kerl wie du, wird doch eine andere krieg'n?

SEPPEL. Is auch wahr, man muß sich nit wegwerfen.

HANNS. Vorwärts! brodelt's nit so lang herum.

ALLE. Au'm Tanzbod'n! Juhe! zum Tanz!

ALLE *rechts im Hintergrunde ab.*

Dritter Auftritt.

SALOME *allein.*

SALOME. Ich bleib' halt wieder allein z'ruck! Und warum? weil ich die rothkopfete Salome bin. Roth ist doch g'wiß ein' schöne Farb', die schönsten Blumen seyn die Rosen, und die Rosen seyn roth. Das Schönste auf der Welt ist der Morgen, und der kündigt sich an durch das prächtigste Roth. Die Wolken sind doch g'wiß keine schöne Erfindung, und sogar die Wolken seyn schön, wann s' in der Abendsonn' brennroth dastehn am Himmel; drum sag' ich, wer geg'n die rothe Farb' was hat, der weiß net, was schön is. Aber was nutzt mich das alles, ich hab' doch kein'n, der mich auf den Kirtag führt; — ich könnt' allein hingehn, — da spotten wieder die Madeln über mich, lachen und schnattern. Ich geh' zu meine Gäns', die schnattern doch nicht aus Bosheit, wann s' mich sehn, und wann ich ihnen 's Futter bring', schaun s' mir auf d' Händ' und net auf'n Kopf. *Sie geht rechts im Vordergrunde ab.*

Vierter Auftritt.

Flora und Plutzerkern kommen aus dem Hintergrunde links. Plutzerkern trägt einen bepackten Korb.

FLORA *ärgerlich.* Nein, das is wirklich arg! das bisserl Weg von der Stadt fünf Viertelstund herausfahren; schamen soll sich so ein Stellwagen.

PLUTZERKERN. Warum denn? Er heißt ja deßtwegen Stellwagen, weil er von der Stell' nicht weiterkommt.

FLORA. Schad', daß du mit deiner Langsamkeit kein Stellwag'n worden bist.

PLUTZERKERN. Dazu fehlet mir die Pfiftigkeit. Ein Stellwagen is
das pfiffigste Wesen auf der Welt, weil er ohne Unterschied des
Standes jeden Menschen aufsitzen laßt.

FLORA. Ich glaub', du hast wieder dein witzigen Tag, da bist du
noch unerträglicher als gewöhnlich.

PLUTZERKERN. Schimpfen S' zu, lassen S' Ihre Gall aus an mir;
lang wird's so net mehr dauern.

FLORA. Willst du etwa aus dem Dienst der gnädigen Frau gehen?
Das wär' g'scheit.

PLUTZERKERN. O nein; aber Sie werden gewiß bald heirathen, dann
ist Ihrer Sekatur ein neues Feld eröffnet, und ich bin nicht mehr
der Spielraum Ihrer Z'widrigkeit.

FLORA. Dummer Mensch! Ich werde mich nie mehr verheirathen,
ich bleib' meinem Verstorbenen getreu.

PLUTZERKERN. Vielleicht erkennt er's nach sein'm Tod; bei Leb-
zeit'n hat er's nie recht glauben wollen.

FLORA. Wenn ich die gnädige Frau wär', ich hätt' Ihn schon lang
gejagt.

PLUTZERKERN *mit Beziehung.* Wenn ich die gnädige Frau wäre,
blieb auch nicht alles im Haus.

FLORA. Wer weiß, ob Er nicht bald springt. Ich hab' die Erlaubnis,
einen flinken, rüstigen Burschen aufzunehmen.

PLUTZERKERN. Das is recht, dann is doch die Plag' nicht mehr so
groß; ich gieß den Winterradi, mehr Einfluß verlang' ich mir net.

FLORA. Geh' Er jetzt zum G'vatter Polz, der will mir einen Gartenknecht recommandiren.

PLUTZERKERN. Gut; vielleicht wird aus dem Knecht Ihr künftiger
Herr.

FLORA. Warum nicht gar! Von mir bekommt Jeder einen Korb.

PLUTZERKERN. Leider, das g'spür' ich; jetzt müssen Sie ihn aber
wieder nehmen, wenn ich zum G'vattern soll. *Gibt ihr den bepackten Korb.*

FLORA. Mach' Er geschwind, langweiliger Mensch! *Ab in die Gartenthüre.*

PLUTZERKERN *allein.* Hm, hm! Der Garten ist doch nicht so verwahrlost, und wie's die treibt um einen flinken, rüstigen Gartenknecht. — Hm, hm! *Geht rechts ab.*

Fünfter Auftritt.

TITUS FEUERFUCHS *tritt während des Ritornells des folgenden Liedes erzürnt von rechts vorne auf.*

Lied.

1

Der hat weiter net g'schaut,
Beinah' hätt' ich'n g'haut;
Der Spitzbub', 's is wahr,
Lacht mich aus, weg'n die Haar;
Wem geht's denn was an,
Ich hoff' doch, ich kann
Haar' hab'n, wie ich will.
Jetzt wird's mir schon z'viel.
Rothe Haar' von ein'm falschen Gemüth zeig'n soll'n,
's is 's Dümmste, wann d' Leut' nach die Haar' urtheil'n woll'n,
's gibt G'schwufen g'nug mit ein'm Kohlrab'nschwarzen Haupt,
Und jede is ang'schmirt, die ihnen was glaubt;
Manch blondg'lockter Jüngling is beim Tag so still
Und schmachtend — warum? bei der Nacht lumpt er z'viel,
Und mit eisgraue Haar schau'n die Herrn aus so g'scheit,
Und seyn oft verruckter noch, als d' jungen Leut!
Drum auf d' Haar muß man gehn,
Nachher trifft man's schon schön.

2

Drohend in die Scene blickend, von woher er gekommen.

Mir soll einer trau'n,
Der wird sich verschau'n,
Auf Ehr', dem geht's schlecht,
Denn ich beutl'n recht;
Der Kakadu is verlor'n,
Wenn ich in mein'm Zorn;
Über d' Haar ein'm kumm,

Der geht glatzkopfet um.
Die rothhaarig'n Madeln, heißt's, betrüg'n d' Männer sehr;
Wie dumm! Das thun d' Mad'ln von jeder Couleur.
Die schwarz'n heißt's, seyn feurig, das thut d' Männer locken,
Derweil is a Schwarze oft d' fadeste Nocken.
Die Blonden seyn sanft. Oh! a Blonde is a Pracht!
Ich kenn' eine Blonde, die rauft Tag und Nacht;
Doch mit graue Haar' seyn s' treu, na, da stund man dafur,
Net wahr is, die färb'n sich s', und geb'n auch ka Ruh —
Drum auf d' Haar muß man gehn,
Nachher trifft man's schon schön.

So kopflos urtheilt die Welt über die Köpf' und wann man sich auch den Kopf aufsetzt, es nutzt nix. Das Vorurtheil is eine Mauer, von der sich noch alle Köpf', die gegen sie ang'rennt sind, mit blutige Köpf' zuruckgezogen haben. Ich hab' meinen Wohnsitz mit der weiten Welt vertauscht, und die weite Welt is viel näher als man glaubt. Aus dem Dorngebüsch z'widrer Erfahrungen einen Wanderstab geschnitzt, die chappa-via-Stiefeln angezogen, und 's Adje-Kappel in aller Still' geschwungen, so is man mit einem Schritt mitten drin in der weiten Welt. — Glück und Verstand gehen selten Hand in Hand; — ich wollt', daß mir jetzt recht ein dummer Kerl begegnet', ich sähet das für eine gute Vorbedeutung an.

Sechster Auftritt.

Titus. Plutzerkern.

Plutzerkern. Der Weg war auch wieder umsonst. — *Titus erblickend.* Ein Fremder gestaltet sich vor meinem Blick!? —

Titus *für sich.* Schicksal, ich glaub', du hast mich erhört.

Plutzerkern. *Titus musternd.* Der B'schreibung nach, die mir der Herr Polz g'macht hat, könnt' das der seyn, den er erwart't. Wuchs groß, Mund groß, Augen sehr groß, Ohren verhältnismäßig; — nur die Haar' — *zu Titus.* sucht der Herr hier ein Brot?

Titus. Ich such' Geld, 's Brot wüßt' ich mir nacher schon z' finden.

Plutzerkern *für sich.* Er sucht Geld, und das verdächtige Aussehen; — auf d' Letzt is Er ein Schatzgraber?

TITUS. Wenn mir der Herr ein'n Ort zeigt, wo einer liegt, so nimm ich gleich bei ein'm Maulwurf Lektion.

PLUTZERKERN. Oder is Er gar ein Rauber?

TITUS. Bis jetzt noch nicht, mein Talent ist noch in einer unentwickelten Bildungsperiode begriffen.

PLUTZERKERN. Versteht Er die Gartnerei?

TITUS. Ich qualificire mich zu allem.

PLUTZERKERN *für sich.* Er is es. *Zu Titus.* Er möcht' also bei unserer jungen, saubern Gartnerin-Witwe Gehülfe werden?

TITUS. Gehülfe der Witwe? — Wie g'sagt, ich qualificir' mich zu allem.

PLUTZERKERN. Mit so einem G'hülfen wär' ihr schon g'holfen; — wie die mich jaget, wann ich ihr das Florianiköpfel brächt'!

TITUS *erzürnt.* Herr, diese Äußerung empört mein Innerstes.

PLUTZERKERN. Fahrst ab, rothe Rub'n? *Geht stolz in die Gartenthür ab.*

Siebenter Auftritt.

TITUS allein, Plutzerkern mit stummem Ärger nachsehend.

TITUS. Ich bin entwaffnet! Der Mensch hat so etwas Dezidirtes in seiner Grobheit, daß es einem rein die Red' verschlagt. Recht freundlich, recht liebreich kommt man mir entgegen. In mir organisirt sich aber auch schon Misantropisches. — Ja, — ich hass' dich, du inhumane Menschheit, ich will dich fliehen, eine Einöde nehme mich auf, ganz eselirt will ich seyn! — Halt, kühner Geist, solcher Entschluß ziemt den Gesättigten, der Hungrige führt ihn nicht aus. Nein, Menschheit, du sollst mich nicht verlieren. Appetit is das zarte Band, welches mich mit dir verkettet, welches mich alle Tag' drei — vier Mal mahnt, daß ich mich der Gesellschaft nicht entreißen darf. — *Nach rechts sehend.* Dort zeigt sich ein Individuum, und treibt andere Individuen in ein Stallerl hinein, Ganseln sind's! — Oh, Hütherin, warum treibst du diese Ganseln nicht also brat'ner vor dir her, ich hätt' mir eines als Zwangsdarlehen zugeeignet.

Achter Auftritt.

TITUS. SALOME *von rechts auftretend, ohne Titus zu bemerken, hat einen großen halben Laib Brot und ein Messer in der Hand.*

SALOME. Ich muß trinken, mi druckt's im Magen. *Sie geht zum Brunnen und trinkt.*

TITUS *für sich.* Die druckt's im Magen! Oh, könnt' ich dieses selige Gefühl mit ihr theilen.

SALOME *ihn bemerkend für sich.* Ein fremder, junger Mensch — und die schönen Haar', grad wie ich.

TITUS *für sich.* Bin neugierig, ob die auch »rothe Rub'n« sagt. *Laut.* Grüß dich Gott, wahlverwandtes Wesen!

SALOME. Gehorsamste Dienerin, schöner Herr.

TITUS *halb für sich.* Die find't, daß ich schön bin, das ist die erste unter allen —

SALOME. Oh, hören S' auf, ich bin die Letzte hier im Ort, ich bin die Ganselhütherin, die arme Salome.

TITUS. Arm? Ich bedaure dich, sorgsame Erzieherin junger Gänse; deine Colleginnen in der Stadt sind viel besser daran, und doch ertheilen sie häufig ihren Zöglingen in einer Reihe von Jahren eine nur mangelhafte Bildung, während du die deinigen alle Martini vollkommen ausgebildet für ihren schönen Beruf der Menschheit überlieferst.

SALOME. Ich versteh' Ihnen net, aber Sie reden so schön daher — Wer is denn Ihr Vater?

TITUS. Er ist gegenwärtig ein verstorbener Schulmeister.

SALOME. Das ist schön. Und Ihre Frau Mutter ? —

TITUS. War vor ihr'm Tod längere Zeit verehelichte Gattin ihres angetrauten Gemahls.

SALOME. Ah, das ist schön.

Titus *für sich*. Die find't alles schön, ich kann so dumm daherreden, als ich will.

Salome. Und darf man Ihren Namen wissen? — nämlich den Taufnamen?

Titus. Ich heiß' Titus.

Salome. Das ist ein schöner Nam'.

Titus. Paßt nur für einen Mann von Kopf.

Salome. Aber so selten is der Nam'.

Titus. Ja, und ich hör', er wird fast gänzlich abkommen. Die Aeltern fürchten alle sich in Zukunft zu blamiren, wenn sie die Kinder so taufen lassen.

Salome. Und lebendige Verwandte haben Sie gar keine?

Titus. O ja. Außer den erwähnten Verstorbenen zeigen sich an meinem Stammbaum noch deutliche Spuren eines Herrn Vetters, aber der thut nix für mich.

Salome. Vielleicht hat er nix.

Titus. Kind, frevele nicht, er ist Bierversilberer, die haben alle was; das seyn gar fleißige Leut; die versilbern nicht nur das Bier, sie vergolden auch ihre Cassa.

Salome. Haben Sie ihm vielleicht was gethan, daß er Ihnen net mag?

Titus. Sehr viel, ich hab' ihn auf der empfindlichsten Seite angegriffen; das Aug' ist der heiklichste Teil am Menschen, und ich beleidige sein Aug', sooft er mich anschaut, denn er kann die rothen Haar net leiden.

Salome. Der garstige Ding!

Titus. Er schließt von meiner Frisur auf einen falschen, heimtückischen Charakter, und wegen diesen Schluß verschließt er mir sein Herz und seine Cassa.

Salome. Das ist abscheulich!

TITUS. Mehr dumm als abscheulich. Die Natur gibt uns hierüber die
zarteste Andeutung. Werfen wir einen Blick auf das liebe Thier-
reich, so werden wir finden, daß die Ochsen einen Abscheu vor
der rothen Farb' haben, und unter diesen wieder zeigen die
totalen Büffeln die heftigste Antipathie; — welch ungeheuere
Blöße also gibt sich der Mensch, wenn er rothe Vorurtheile zeigt.

SALOME. Nein, wie Sie g'scheit daherreden; das sähet man Ihnen
gar nit an.

TITUS. Schmeichlerin! Daß ich dir also weiter erzähl' über mein
Schicksal. Die Zurückstoßung meines Herrn Vetters war nicht
das einzige Bittere, was ich hab' dulden müssen; ich hab' in dem
Heiligthum der Lieb' mein Glück suchen wollen, aber die Grazien
haben mich für geschmackswidrig erklärt; ich hab' in den Tempel
der Freundschaft geguckt, aber die Freund' sind alle so witzig,
da hat's Bonmots g'regnet auf mein'n Kopf, bis ich ihn auf ewige
Zeiten zurückgezogen hab'. So ist mir ohne Geld, ohne Lieb',
ohne Freundschaft meine Umgebung unerträglich word'n; da
hab' ich alle Verhältnisse abg'streift, wie man einen wattirten
Kaput auszieht in der Hitz', und jetzt steh' ich in den Hemdär-
meln der Freiheit da.

SALOME. Und g'fallt's Ihnen jetzt?

TITUS. Wenn ich einen Versorgungsmantel hätt', der mich vor dem
Sturm des Nahrungsmangels schütztet —

SALOME. Also handelt es sich um ein Brot? Na, wenn der Herr
arbeiten will, da laßt sich Rath schaffen. Mein Bruder is Jodel hier,
sein Herr, der Bäck, hat eine große Wirthschaft, und da brauchen
s' ein'n Knecht —

TITUS. Was? Ich soll Knecht werden? ich? der ich bereits Subject
gewesen bin?

SALOME. Subject? Da hab'n wir auch ein'n g'habt, der das war, der
is aber auf'm Schub fortkommen.

TITUS. Warum?

SALOME. Weil er ein schlechtes Subject war, hat der Richter g'sagt.

TITUS. Ah, das is ja net so; um aber wieder auf deinen Brudern zu
kommen — *auf den Brotlaib, den Salome trägt, deutend.* Hat er dieses
Brot verfaßt?

SALOME. G'wiß war er auch dabei, wie der Laib — natürlich als Jodel.

TITUS. Ich möcht' doch sehen, wie weit es dein Bruder in dem Studium der Brotwissenschaft gebracht hat.

SALOME. Na, kosten Sie's; es wird Ihnen aber nicht behagen. *Sie schneidet ein sehr kleines Stück Brot ab und gibt es ihm.*

TITUS *essend.* Hm! — es ist —

SALOME. Mein'n Ganseln schmeckt's wohl, natürlich, 's Vieh hat keine Vernunft.

TITUS *für sich.* Der Stich thut weh; mir schmeckt's auch.

SALOME. Na ,was sagen S'? net wahr, 's is schlecht?

TITUS. Hm! ich will deinen Brudern nicht zu voreilig verdammen; um ein Werk zu beurtheilen, muß man tiefer eindringen. *Nimmt den Brotlaib und schneidet ein sehr großes Stück ab.* Ich werde prüfen und dir gelegentlich meine Ansichten mittheilen. *Steckt das Stück Brot in die Tasche.*

SALOME. Also bleiben S' noch ein' Zeit da bei uns? das is recht; den Stolz muß man ablegen, wenn man nix hat! und 's wird Ihnen recht gut gehn da, wenn Ihnen nur der Bäck aufnimmt.

TITUS. Ich hoffe alles vom Jodel seiner Protektion.

SALOME. Es wird schon gehn. *Nach links in den Hintergrund sehend und erschreckend.* Sie, da schau'n S' hin!

TITUS *hinübersehend.* Das Pirutsch? — 's Roß lauft dem Wasser zu — Million, alles is hin! *Rennt im Hintergrund links ab.*

Neunter Auftritt.

SALOME *allein. Nachsehend.*

SALOME. Er wird doch nicht gar? — er rennt hin; — wenn ihm nur nichts g'schieht — er packt 's Pferd — s' reißt ihn nieder! — *Aufschreiend.* Ah!! s' Pferd steht still — er hat's aufg'halten. — Das ist ein Teuxelsmensch. Ein Herr steigt aus'm Wagen; —

er kommt daher mit ihm. Ah, das muß ich gleich den Bäcken erzähl'n; wenn er das hört, nimmt er den Menschen g'wiß.
Läuft rechts ab.

Zehnter Auftritt.

MONSIEUR MARQUIS. TITUS.

MARQUIS. Ah! der Schreck steckt mir noch in allen Gliedern.

TITUS. Belieben sich da ein wenig niederzusetzen.

MARQUIS *sich auf eine Steinbank setzend.* Verdammter Gaul, ist vielleicht in seinem Leben noch nicht durchgegangen.

TITUS. Belieben vielleicht eine Verrenkung zu empfinden?

MARQUIS. Nein, mein Freund.

TITUS. Oder belieben vielleicht sich einen Arm gebrochen zu
haben?

MARQUIS. Gott sey Dank, nein!

TITUS. Oder belieben vielleicht eine kleine Zerschmetterung der
Hirnschale?

MARQUIS. Nicht im geringsten. — Auch hab' ich mich bereits erholt,
und nichts bleibt mir übrig, als ihnen Beweise meines Dankes —

TITUS. Oh, ich bitte! —

MARQUIS. Drei junge Leute standen da, die mich kennen, die schrieen
aus vollem Halse Monsieur Marquis! Monsieur Marquis! Der
Wagen stürzt ins Wasser! —

TITUS. Was? — Ein'n Marquis hab' ich gerettet? — Das is was
Großes.

MARQUIS *in seiner Rede fortfahrend.* Aber hülfreiche Hand leistete
Keiner; da kamen Sie als Retter herbeigeflogen —

TITUS. Allgemeine Menschenpflicht.

MARQUIS. Und gerade im entscheidenden Moment —

Titus. Besonderer Zufall.

Marquis *aufstehend.* Ihr Edelmuth setzt mich in Verlegenheit; ich weiß nicht, wie ich meinen Dank, — mit Geld läßt sich so eine That nicht lohnen —

Titus. Oh, ich bitt', Geld ist eine Sache, die —

Marquis. Die einen Mann von solcher Denkungsart nur beleidigen würde.

Titus. Na, jetzt sehen Sie, — das heißt —

Marquis. Das heißt den Werth Ihrer That verkennen, wenn man sie durch eine Summe aufwiegen wollte.

Titus. Es kommt halt drauf an —

Marquis. Wer eine solche That vollführt. Es hat einmal einer — ich weiß nicht, wie er geheißen hat, — einem Prinzen, — ich weiß nicht, wie er geheißen hat, — das Leben gerettet, der wollte ihn mit Diamanten lohnen; da entgegnete der Retter: »Ich finde in meinem Bewußtsein den schönsten Lohn«; — ich bin überzeugt, daß Sie nicht weniger edel denken, als der, wo ich nicht weiß, wie er geheißen hat.

Titus. Es gibt Umstände, wo der Edelmuth —

Marquis. Auch durch zu viele Worte unangenehm affizirt wird, wollten Sie sagen? Ganz recht; der wahre Dank ist ohnedies stumm; drum gänzliches Stillschweigen über die Geschichte.

Titus *für sich.* Der Marquis hat ein Zartgefühl; — wenn er ein schundiger Kerl wär', hätt' ich grad's nämliche davon.

Marquis *Titus Haare scharf betrachtend.* Aber, Freund, ich mache da eine Bemerkung — hm! hm! — das kann Ihnen in vielem hinderlich seyn.

Titus. Mir scheint, Euer Gnaden is mein Kopf nicht recht; — ich hab' kein'n andern und kann mir kein'n andern kaufen.

Marquis. Vielleicht doch; — ich werde — ein kleines Andenken müssen Sie doch von mir — warten Sie einen Augenblick. — *Läuft im Hintergrunde links ab.*

Eilfter Auftritt.

Titus *allein.*

Titus. Es hat nix g'fehlt, als daß er aus Dankbarkeit »rothe Rub'n« g'sagt hätt'. Das is ein lieber Marquis; was thut er denn? *In die Scene sehend.* Er rennt zum Pirutsch, — er sucht drin herum, — Andenken hat er g'sagt; auf d' Letzt macht er mir doch ein werthvolles Präsent. — Was is denn das? — A Hutschachtel hat er herausg'nommen, — er läuft her damit; er wird mir doch nicht für das, daß ich sein junges Leben gerettet hab', ein'n alten Hut schenken?

Zwölfter Auftritt.

Titus. Marquis.

Marquis *mit einer Schachtel.* So, Freund, nehmen Sie das, Sie werden's brauchen; die gefällige äußere Form macht viel — beinahe alles; es wird Ihnen nicht fehlen. Hier ist ein Talisman, *gibt ihm die Schachtel.* und mich wird's freuen, wenn ich der Gründer Ihres Glückes war. Adieu, Freund! Adieu! *Eilt in den Hintergrund links ab.*

Dreizehnter Auftritt.

Titus *allein, etwas verblüfft die Schachtel in der Hand haltend.*

Titus. Glück gründen? — Talisman? — Da bin ich doch neugierig, was da drin steckt. *Öffnet die Schachtel und zieht eine schwarze Perrücke heraus.* A Perrücken! — nix als eine kohlrabenschwarze Perrücken! Ich glaub' gar, der will sich lustig machen über mich. — *Ihm nachrufend.* Wart, du lebendiger Perrückenstock, ich verbitte mir alle Witzboldungen und Zielscheibereien! — Aber halt! — war denn das net schon längst mein Wunsch? — haben mich nicht immer nur die unerschwinglichen fünfzig Gulden, die eine täuschende Tour kost't, abgehalten? — Talisman hat er g'sagt; er hat recht! — Wenn ich diese Tour aufsetz', so sinkt der Adonis zum Rastelbinderbub'n herab und der Narziß wird ausg'strichen aus der Mythologie. Meine Carriere geht an, die Glückspforte öffnet sich — *auf die offene Gartenthür blickend.* Schau, die Thür steht grad offen da; wer weiß — ich reskir's; ein'm schönen Kerl schlagt's nirgends fehl. *Geht in die Gartenthür ab.*

Vierzehnter Auftritt.

TITUS. SALOME *aus rechts vorne*.

SALOME *kommend*. Ach, mein liebster Mussi Titus, das is ein Unglück!

TITUS *sich umsehend*. Die Salome. — Was is denn g'schehn?

SALOME. Der Bäck nimmt Ihnen nicht. Ich kann nicht helfen, 's druckt mich völlig zum Weinen.

TITUS. Und mich kitzelt's zum Lachen. Also is das gar so schwer, bei euch da ein Knecht zu wer'n?

SALOME. Der Bäck hat g'sagt: er hat erstens Ihre Zeugnisse nicht g'sehn, und dann sind ihm so viele anempfohlen, er ist bei Vergebung dieser Stelle an Rücksichten gebunden. —

TITUS. Schad', daß er keinen Concurs ausschreiben laßt. Meine liebe Salome, mir sind andere Aussichten eröffnet; ich bin aufs Schloß berufen.

SALOME. Aufs Schloß? Das kann ja net seyn. Oh, wann Ihnen die gnädige Frau sieht, jagt sie Ihnen augenblicklich davon; *mit Beziehung auf ihre Haare.* darf ja ich mich auch fast gar nicht blicken lassen vor ihr.

TITUS. Die Antipathien der Gnädigen sind Nebensache, seitdem sich bei mir die Hauptsachen verändert haben. Ich geh' mit kecker Zuversicht meinem Glück entgegen.

SALOME. Na, ich wünsch' Ihnen viel Glück zu Ihrem Glück; 's is völlig net recht, aber 's schmerzt mich halt doch, daß mir wieder a Hoffnung in'n Brunn'n g'fallen is.

TITUS. Was denn für a Hoffnung?

SALOME. Wenn Sie als meinesgleichen dablieben wär'n, hätt's g'heißen, das sind die zwei Wildesten im Ort, das is der rothe Titus, das is die rothe Salome; den Titus hätt' kein Madel ang'schaut, so wie die Salome keiner von die Burschen.

TITUS. Der auf einen einzigen Gegenstand reducirte Titus hätt' müssen eine nolens volens Leidenschaft fassen.

SALOME. Es wär' zwischen uns gewiß die innigste Freundschaft —

TITUS. Und der Weg von Freundschaft bis zur Liebe is eine blumenreiche Bahn.

SALOME. Na, jetzt so weit hab' ich no gar net denkt.

TITUS. Warum? Gedanken sind zollfrei.

SALOME. Ah nein; es gibt Gedanken, für die man den Zoll mit der Herzensruh' bezahlt. Meine Plan' gehn mir nie aus.

TITUS. Ja, der Mensch denkt, und — *beiseite.* die Parrucken lenkt, so heißt's bei mir. Also, ades, Salome! *will ab.*

SALOME. Nur nit gar so stolz, Mussi Titus, Sie könnten ein'm schon ein bißl freundlich bei der Hand nehmen und sagen: pfürt dich Gott, liebe Salome!

TITUS. Freilich! *Reicht ihr die Hand.* Wir scheiden ja als die besten Freund.

SALOME *kopfschüttelnd.* Leben S' wohl; vielleicht seh' ich Ihnen bald wieder.

TITUS. Das is sehr eine ungewisse Sach'.

SALOME. Wer weiß; Sie gehn so stolz bei der Thür hinein, daß ich immer glaub', ich werd's noch sehn, wie s' Ihnen bei der nämlichen Thür herauswerfen wer'n.

TITUS. Du prophezeist eine günstige Catastrophe.

SALOME *auf die Steinbank zeigend.* Da werd' ich mich hersetzen alle Tag, auf die Thür hinschau'n —

TITUS. Und d'rauf warten, bis man mich in deine Arme schleudert. Gut, mach dir diese Privatunterhaltung, pfürt dich Gott! Mein Schicksal ruft: »Schön, herein da!« Ich folge diesem Ruf und bringe mich selbst als Apportel. *Geht in die Gartenthür ab.*

Fünfzehnter Auftritt.

SALOME *allein.*

SALOME. Da geht er, und ich weiß nicht, — ich hab' eh' kein Glück g'habt, und mir kommt jetzt vor, als wenn er noch was mitgenommen hätt' davon. Wenn ich mir's nur aus'm Sinn schlagen könnt', aber wie denn? mit was denn? Wär' ich a Mannsbild, wußt' ich mir schon z' helfen; aber so. — Die Mannsbilder haben's halt doch in allen Stücken gut gegen uns.

Lied.

Wenn uns einer g'fallt und versteht uns nit glei,
Was soll man da machen, 's is hart, meiner Treu;
A Mann, der hat's leicht, ja, der rennt einer nach,
Und merkt sie's nit heut', so merkt sie's in vierzehn Tag'.
Er thut desperat, fahrt mit'n Kopf geg'n die Wand,
Aber daß er's nit g'spürt, macht er's so mit der Hand;
Und 's Madel gibt nach, daß er sich nur nix thut.
Ja die Männer hab'n's gut, hab'n's gut, hab'n's gut.

Wenn uns einer kränkt, das is weiter kein Jammer,
Was können wir thun? nix, als wanna in der Kammer,
Kränken wir einen Mann, thut's ihn nit stark ergreifen,
Er setzt sich ins Wirthshaus und stopft sich a Pfeifen;
Wir glaub'n er verzweifelt, derweil ißt er ein'n Kas,
Trinkt an Heurigen und macht mit der Kellnerin G'spaß,
Schaut im Hamgehn einer andern keck unter'n Hut;
Ja, die Männer hab'n's gut, hab'n's gut, hab'n's gut!

Hat a Madel die zweite oder dritte Amour,
Is ihr Ruf schon verschandelt, und nachher is zur.
In dem Punkt is a Mann gegen uns rein a Köni,
Wann er fünfzig Madeln anschmiert, verschlagt ihm das weni;
Auf so ein Halodri hab'n d' Madeln erst a Schneid,
Und g'schieht es aus Lieb nit, so geschieht es aus Neid,
Daß man sich um ein'n solchen erst recht reißen thut.
Ja, die Männer hab'n's gut, hab'n's gut, hab'n's gut.

Geht ab.

Verwandlung.

*Zimmer in der Wohnung der Gärtnerin mit Mittelthür, rechts eine Seiten-
thür, links ein Fenster.*

Sechzehnter Auftritt.

FLORA *allein. Zur Mitte auftretend.*

FLORA. Das Unkraut, Gall und Verdruß, wachst mir jetzt schon zu
dick auf mein'm Geschäftsacker, ich kann's nicht mehr allein aus-
jäten. Mein seliger Mann hat kurz vorher, als er selig word'n ist,
gesagt, ich soll Wittib bleiben; wie kann ein seliger Mann so eine
unglückliche Idee haben. Die Knecht' haben keine Furcht, kein'n
Respect, ich muß ihnen einen Herrn geben, dessen Frau ich bin.
Mein Seliger wird den Kopf beuteln in die Wolken, wann er mir
etwa gar als Geist erscheinet, wann's auf einmal so klopfet bei
der Nacht — *es wird an die Thür geklopft* — *ängstlich aufschreiend.* Ah!
Hält sich wankend am Tische.

Siebenzehnter Auftritt.

FLORA. TITUS *mit schwarzer Haartour zur Mitte hereinstürzend.*

TITUS. Is ein Unglück g'schehn? Oder kirrn Sie vielleicht jedesmal,
so, statt'm Hereinsagen?

FLORA *sich mühsam fassend.* Nein, bin ich erschrocken!

TITUS *für sich.* Seltenes Geschöpf, sie erschrickt, wenn einer anklopft,
sonst ist den Frauenzimmern nur das schrecklich, wann keiner
mehr anklopft.

FLORA. Der Herr wird sich drüber wundern, daß ich so schwache
Nerven hab'?

TITUS. Wundern über das Allgemeine? Oh, nein! Die Nerven von
Spinnengeweb', d' Herzen von Wachs und die Köpferl von Eisen,
das is ja der Grundriß der weiblichen Struktur.

FLORA *beiseite.* Recht ein angenehmer Mensch, und die raben-
schwarzen Haar'; — ich muß aber doch — *Laut und in etwas
strengem Ton.* Wer is der Herr, und was will der Herr?

TITUS. Ich bitt', die Ehr' is meinerseits. Ich bin Ihr unterthänigster
Knecht und empfehl' mich.

FLORA *nickt ihm erstaunt ein kurzes Adieu zu, weil sie glaubt, er will fort;* *als er stehen bleibt, sagt sie nach einer Pause.* Na? — Diese Rede sagt man, wenn man fortgehn will.

TITUS. Ich aber sag' sie, weil ich dableib'n will. Sie brauchen ein'n Knecht, und als solchen empfehl' ich mich.

FLORA. Was? Der Herr is ein Knecht?

TITUS. Zur Gärtnerei verwendbar.

FLORA. Als Gehülfe?

TITUS. Ob Sie mich Gehülfe nennen, oder Gärtner — das is alles eins; selbst — ich setz' nur den Fall — wenn es mir als Gärtner gelingen sollte, Gefühle in ihr Herz zu pflanzen — ich setz' nur den Fall — und Sie mich zum unbeschränkten Besitzer dieser Plantage ernennen sollten — ich setz' nur den Fall — selbst dann würde ich immer nur Ihr Knecht seyn.

FLORA *beiseite.* Artig is der Mensch — aber — *laut.* Seine Reden sind etwas kühn, etwas vorlaut.

TITUS. Bitt' unterthänig; wenn man sagt: »ich setz' nur den Fall«, da darf man alles sagen.

FLORA. Er ist also —?

TITUS. Ein exotisches Gewächs, nicht auf diesen Boden gepflanzt, durch die Umstände ausgerissen, und durch den Zufall in das freundliche Gartengeschirr Ihres Hauses versetzt, und hier, von der Sonne Ihrer Huld beschienen, hofft die zarte Pflanze Nahrung zu finden.

FLORA. Da fragt es sich aber vor allem, ob Er die Gärtnerei versteht?

TITUS. Ich habe Menschenkenntnis, folglich auch Pflanzenkenntnis.

FLORA. Wie geht denn das zusammen? —

TITUS. Sehr gut; wer Menschen kennt, der kennt auch die Vegetabilien, weil nur sehr wenig Menschen leben; und viele unzählige aber nur vegetiren. Wer in der Fruh aufsteht, in die Kanzlei geht, nachher essen geht, nachher präferanzeln geht, und nachher schlafen geht, der vegetirt; wer in der Früh ins G'wölb geht und nachher auf die Mauth geht; und nachher essen geht, und nachher wieder ins G'wölb geht, der vegetirt; wer in der Fruh aufsteht, nachher a Roll' durchgeht, nachher in die Prob' geht, nachher essen geht, nachher ins Kaffeehaus geht, nachher Komödie spiel'n geht, und wenn das alle Tag' so fortgeht, der vegetirt. Zum Leben gehört sich, billig berechnet, eine Million, und das is nicht genug; auch ein geistiger Aufschwung g'hört dazu, und das find't man höchst selten beisammen; wenigstens, was ich von die Millionär weiß, so führen fast alle aus millionär'scher Gewinn- und Vermehrungspassion ein so fades, trockenes Geschäftsleben, was kaum den blühenden Namen „Vegetation« verdient.

FLORA *beiseite.* Der Mensch muß die höhere Gärtnerei studiert haben; *laut.* so dunkel sein Kopf auswendig is, so hell scheint er inwendig zu seyn.

TITUS. Sind Ihnen vielleicht die schwarzen Haar' zuwider?

FLORA. Zuwider? Er Schelm wird nur zu gut wissen, daß ein schwarzer Lockenkopf einem Mann am besten laßt.

TITUS *für sich.* Die Perruck'n wirkt.

FLORA. Er will also hier einen Dienst? Gut, Er is aufgenommen; aber nicht als Knecht; Er zeigt Kenntnisse, Eigenschaften, besitzt ein vortheilhaftes Äußeres —

TITUS *für sich.* Die Perruckenkraft wirkt heftiger.

FLORA. Er soll die Aufsicht über das Gartenpersonale haben. Er soll den übrigen Befehle ertheilen; Er soll nach mir im Garten der Erste seyn.

TITUS *beiseite.* Die Perruck'n hat gesiegt. *Laut.* Ich weiß so wenig, wie ich mich bedanken soll, als ich weiß, wie ich zu solchem Glück komme.

FLORA *seine Haare betrachtend.* Nein, diese Schwärze, ganz italienisch!

TITUS. Ja, es geht schon beinahe ins Sicilianische hinüber. Meine Mutter war eine südliche Gärtnerin.

FLORA. Weiß Er aber, daß Er ein sehr eitler Mensch ist? Mir scheint, Er brennt sich die Locken. *Will mit der Hand nach den Locken fahren.*

TITUS *zurückprallend.* Oh, nur net anrühren! ich bin sehr kitzlich auf'm Kopf.

FLORA. Närrischer Mensch! — Unter anderm aber, in diesem Anzug kann ich Ihn der gnädigen Frau nicht vorstellen.

TITUS. Also gilt bei Ihnen das Sprichwort: »Das Kleid macht den Mann«, das Sprichwort, durch welches wir uns selbst so sehr vor die Schneider herabsetzen, und welches doch so unwahr ist; denn wie viele ganze Kerls gehn mit zerrissene Röck' herum.

FLORA. Aber der Anzug hat so gar nix, was einem Gartner —

TITUS. Oh, der Anzug hat nur zu viel Gärtnerartiges, er is übersä't mit Fleck, er is aufgegangen bei die Ellbögen und an verschiedenen Orten; weil ich nie ein Paraplü trag', wird er auch häufig begossen, und wie er noch in der Blüte war, hab ich ihn oft wie eine Pflanze versetzt.

FLORA. Das ist dummes Zeug. *Nach der Thür rechts deutend.* Geh Er durch das Zimmer in die Kammer hinein: in der Truhen, wo der Zwiefel liegt, find't Er den Hochzeitanzug von mein'm seligen Mann.

TITUS. Das Hochzeitkleid des Verblichenen soll ich anziehen? — Hören Sie — *fährt sich kokett mit der Hand durch die Locken.* Da kann ich nichts davor, wenn Gefühle erwachen, die — *sieht sie bedeutungsvoll an, und geht zur Seitenthür ab.*

Achtzehnter Auftritt.

FLORA *allein. Hernach* PLUTZERKERN

FLORA. Wirklich ein charmanter Mensch! — Na, man kann nicht wissen, was geschieht. Ein Spaß wär's, wenn ich früher zur zweiten Heirath käm', als unsere Kammerfrau, die so spöttisch auf mich herabsieht, weil sie den Herrn Friseur zum Liebhaber hat. Mit der Hochzeit laßt er sich aber hübsch Zeit; bei mir könnt' es rascher gehn, das wär' ein Triumph! — Vor allem muß ich aber die Leut' zusammenrufen. *Geht zum Fenster.* Ah, der Plutzerkern! *Hinausrufend.* Hol geschwind die Leut' alle zusamm, ein neuer Gärtner is aufgenommen, der in Zukunft anstatt meiner über sie befehlen wird.

PLUTZERKERN *inner der Scene.* Das is g'scheit.

FLORA. Was is das? — Die Kammerfrau? — *Zum Fenster hinaus grüßend.* Gehorsamste Dienerin! — *Vom Fenster weggehend.* Sie kommt zu mir; was hat das zu bedeuten? G'wiß wieder ein Verdruß; die Leut' hab'n was versäumt, und ich kann 's Bad ausgießen.

Neunzehnter Auftritt.

FLORA. CONSTANTIA.

CONSTANTIA *zur Mitte eintretend.* Frau Gärtnerin —

FLORA *mit einem Knix.* Unterthänigste! — Was steht zu Befehl?

CONSTANTIA. Die gnädige Frau erwartet heute nachmittags Besuch aus der Stadt und wünscht, daß nicht wieder so schlechtes Obst, wie das letztemal, ins Schloß geschickt werde.

FLORA. Ich hab' das allerschönste —

CONSTANTIA. Die gnädige Frau ist überhaupt mit der ganzen Pflege des Gartens höchst unzufrieden.

FLORA. Is nicht meine Schuld; die Leut' — aber das wird jetzt alles anders wer'n. Die gnädige Frau hat mir den Auftrag ertheilt, einen geschickten Menschen aufzunehmen; na, und da hat sich's so geschickt, daß ein sehr geschickter Mensch —

CONSTANTIA. Gut, ich werd' es der gnädigen Frau zu wissen machen.

FLORA. Ich werde mir die Freiheit nehmen, ihn selbst der gnädigen Frau vorzustellen!

CONSTANTIA. Was fällt Ihr ein? Der gnädigen Frau vorstellen! — so ein Bengel!

FLORA. Oh, ich bitte, Madam, diesen Menschen mit keinem gewöhnlichen Gartenknecht zu verwechseln; er ist — es ist sogar möglich — beinahe schon gewiß, daß ich ihn heirath'.

CONSTANTIA. So? Diese Vermählung wird der gnädigen Frau so uninteressant sein, wie der ganze Mensch; ich finde es daher, wie schon gesagt, ganz unstatthaft, ihn der gnädigen Frau vorzustellen.

Zwanzigster Auftritt.

VORIGE. TITUS.

TITUS *tritt in etwas altmodischem Gärtneranzuge, einen Bündel in der Hand tragend, ohne Constantia zu bemerken, aus der Seitenthür rechts.* So! Da wär'n wir; meine Sachen hab' ich in dem Bünkel z'sammgebunden.

FLORA. Er hätt's gleich drinnen lassen können.

TITUS. Gelingt es mir, in diesem Anzug das verblichene Bild ganz vor Ihre Seele zu zaubern?

CONSTANTIA *für sich.* So ein schöner, schwarzer Krauskopf ist mir so bald nicht vorgekommen.

TITUS *zu Flora, auf den Bündel zeigend.* Und diese Sachen da legen wir — wohin?

FLORA *nach einem links stehenden Kasten zeigend.* Meinetwegen in den Kasten dort.

TITUS *sich umwendend.* Gut. — *Constantia erblickend.* Ah! — Jetzt gebet ich kein'n Tropfen Blut, wann man mir eine Ader lasset. *Sich tief vor Constantia verneigend.* Ich bitte unterthänig — *zu Flora.* Warum haben sie mir nicht gesagt — *zu Constantia, mit tiefer Verbeugung.* mir nicht zu zürnen, daß ich — *zu Flora.* daß die gnädige Frau da ist — *zu Constantia mit tiefer Verbeugung.* nicht gleich die pflichtschuldigste Referenz — *zu Flora.* — s' is wirklich schrecklich, in was Sie ein'm für eine Lag' bringen.

CONSTANTIA. Ich bin ja nicht die gnädige Frau.

FLORA *zu Titus.* Was fallt Ihm denn ein?

CONSTANTIA. Ich bin ja nur —

TITUS. Nein, Euer Gnaden sind es, und wollen mir nur die Verlegenheit ersparen.

FLORA. Es ist die Kammerfrau der Gnädigen.

TITUS. Hör'n Sie auf! — Diese Hoheit in der Stirnhaltung, diese herablassende Blickflimmerung, dieser edle Ellbogenschwung —

CONSTANTIA *sich geschmeichelt fühlend.* Hm, ich bin doch nur die Kammerfrau der Frau von Cypressenburg.

TITUS. Wirklich? — Ich glaub' es nur, weil ich es aus Ihrem eigenen Munde hör'. Also, Kammerfrau? Meine Mutter war auch Kammerfrau.

FLORA. Er hat ja gesagt, Seine Mutter war Gärtnerin?

TITUS. Zuerst war sie Gärtnerin, dann ist sie Kammerfrau geworden.

CONSTANTIA *beiseite.* Wirklich ein interessanter, gebildeter Mensch!

FLORA *zu Titus, welcher Constantia fixirt.* So leg' Er nur die Sachen da hinein.

TITUS *immer auf Constantia sehend.* 's Schicksal weiß wirklich nicht, was 's thut, so eine Gestalt in die Antichambre zu postiren.

FLORA. Hört Er denn nicht? Da in den Kasten.

TITUS. Ja, gleich. — *Mit Bewunderung auf Constantia sehend.* Classische Salon-Figur. *Er geht, auf Constantia sehend, zum Kasten, welcher neben der Thür steht.*

FLORA *für sich.* Wie sie kokettirt auf ihn, die aufdringliche Person!

Ein und zwanzigster Auftritt.

VORIGE. PLUTZERKERN.

PLUTZERKERN *zur Mitte eintretend.* Die Leut' werden gleich alle da seyn.

TITUS *Plutzerkern erblickend, kehrt rasch um.* Verdammt! wann der mich kennt! *Wendet sich gegen Constantia, um Plutzerkern den Rücken zu kehren.*

PLUTZERKERN *zu Flora.* Das is also der neue Gartner? Da muß man sich ja zu Gnaden rekommandir'n. *Tritt zwischen Titus und Constantia.*

TITUS *wendet sich gegen Flora, um wieder Plutzerkern den Rücken zu kehren.* Schicken S' den Kerl fort; ich bin kein Freund von solchen Ceremonien.

FLORA. Thu' Er nicht so schüchtern.

PLUTZERKERN *indem er versucht, Titus die Vorderseite abzugewinnen.* Herr Gartner, der wohlverdienteste Mann im ganzen Personal —

TITUS *in großer Verlegenheit in die Tasche fahrend.* Ich muß mir nur g'schwind ein Schnupftüchel vors G'sicht — *zieht statt eines Schnupftuches eine graue Perrücke mit Zopf aus der Tasche und hält sie eiligst vors Gesicht.*

PLUTZERKERN. Aber Sie hab'n kuriose Schnupftücheln.

TITUS. Was ist denn das?

FLORA *lachend.* Das is die Perrücke von meinem ehemaligen Gemahl.

TITUS. Schaut sehr eh'malig aus. *Steckt die Perrücke in den Bündel, welchen er noch in der Hand hält.*

PLUTZERKERN. Was Teuxel, der Gartner kommt mir so bekannt vor. — *Zu Titus.* Hab'n Sie net an'n Brudern mit rothe Haar?

CONSTANTIA. Was fällt Ihm ein?

TITUS. Ich hab' gar kein'n Brudern.

PLUTZERKERN. So? nachher wird das der Bruder von wem andern seyn.

FLORA. Was will denn der Dummkopf?

PLUTZERKERN. Na, ich hab' halt ein'n g'sehn mit rothe Haar, das is ja nix Unrechts.

Zwei und zwanzigster Auftritt.

VORIGE. ZWEI GARTENKNECHTE. *Die Gartenknechte treten zur Mitte ein, jeder zwei Körbe mit Obst tragend.*

ERSTER KNECHT. Da is das Obst.

FLORA. Das hätt' gleich soll'n ins Schloß getrag'n werden.

CONSTANTIA. Das wäre eine saubere Manier, daß man das Obst nur so durch die Knechte hinaufschickt.

FLORA. 's war ja immer so.

CONSTANTIA *auf Titus zeigend.* Der Herr Gärtner wird die Früchte überbringen, dies ist zugleich die schicklichste Gelegenheit, ihn der gnädigen Frau vorzustellen.

FLORA *zu Constantia.* Vorstellen? Wie finden Sie es denn auf einmal nöthig, ihn der Gnädigen vorzustellen? Sie hab'n ja grad vorher g'sagt, es is ganz unstatthaft, so einen Bengel der gnädigen Frau vor Augen zu bringen.

CONSTANTIA *verlegen.* Das war — das heißt —

TITUS. Bengel?

FLORA *mit boshaften Triumph über Constantias Verlegenheit.* Ja, ja!

TITUS. Das ist arg.

CONSTANTIA *sehr verlegen.* Ich habe —

TITUS. Das is enorm —

FLORA. Na, ich glaub's — es is ja —

TITUS. Mir unbegreiflich, *zu Flora.* wie Sie das Wort »Bengel« auf mich beziehen können.

FLORA. 's waren die eigenen Worte der Madam.

TITUS *zu Flora.* Erlauben Sie mir, es gibt außer mir noch Bengeln genug, und ich bin kein solcher Egoist, daß ich alles gleich auf mich beziehe.

CONSTANTIA *sich von ihrer Verlegenheit erholend.* Ich wollte —

TITUS *auf Constantia deutend.* Wenn diese Dame wirklich ihre Lippen zu dem Wort »Bengel« hergegeben, so hat sie wahrscheinlich einen Knecht, vielleicht einen von diesen beiden Herren *auf die*

Gartenknechte zeigend. gemeint, denn mich hat sie ja noch gar nicht gekannt, und kennt mich selbst jetzt noch viel zu wenig, um über meine Bengelhaftigkeit das gehörige Urtheil zu fällen. *Zu Constantia.* Hab ich nicht recht?

CONSTANTIA. Vollkommen!

FLORA *sehr aufgeregt und ärgerlich.* Also will man mich zur Lügnerin machen?

TITUS. Nein, nur zur Verleumderin.

CONSTANTIA *zu Titus.* Also kommen Sie jetzt.

FLORA. Er soll aufs Schloß kommen? und warum denn gar so eilig? Die gnädige Frau is ausg'fahr'n.

CONSTANTIA. Nun, und da wird es doch schicklicher seyn, daß der Herr Gärtner auf die gnädige Frau wartet, als sie auf ihn?

TITUS. Das is klar. *Zu Constantia.* Sie weiß nichts von Etikette. Das Schicklichste auf jeden Fall is, daß ich bei Ihnen wart', bis der günstige Moment erscheint.

FLORA *sehr ärgerlich, beiseite.* Zerreißen könnt' ich s', die Person, die! —

TITUS. Als Gärtner muß ich aber doch mit dem gehörigen Anstand — Ah, da is ja, was ich brauch'. *Eilt zum Fenster und reißt die Blumen aus den Töpfen.*

FLORA. Was is denn das? Meine Blumen! —

TITUS. Müssen zu einem Strauß herhalten. Ein Band brauchen wir auch. *Zum Tisch eilend.* Da liegt ja eines. *Nimmt ein breites Atlasband und wickelt es um die Blumen.*

FLORA. Was treibt Er denn? Das neue Band, was ich erst aus der Stadt —

TITUS. Zu so einer Feierlichkeit ist das Beste noch zu schlecht. *Zu Constantia, auf Flora deutend.* Die Gute, sie weiß nichts von Etikette.

Drei und zwanzigster Auftritt.

VORIGE. MEHRERE GARTENKNECHTE.

DIE KNECHTE *zur Mitte eintretend*. Wir machen alle unser Kompliment.

TITUS. Aha, meine Untergebenen! Ihr tragt mir's Obst nach.

DIE KNECHTE. Zu Befehl.

CONSTANTIA *zu Titus*. Bei dieser Gelegenheit müssen Sie sich bei den Leuten in Respect setzen, etwas zum besten geben; ich finde es wenigstens am Platz.

TITUS. Ich find' es auch am Platz — aber — *in der Westentasche suchend*. es is ein anderer Platz wo ich nichts find'.

CONSTANTIA. Ich mache mir ein Vergnügen daraus, nehmen Sie hier — *Will ihm eine Börse geben*.

FLORA *es verhindernd*. Erlauben Sie, das geht mich an. *Zu Titus*. Hier nimm der Herr. *Will ihm Geld geben*.

CONSTANTIA *es verhindernd*. Halt! Das duld' ich nicht; es ist eine Sache, die die Ehre des Hauses betrifft und folglich die gnädige Frau durch mich bestreitet.

FLORA. Ich kann's auch der Gnädigen in Rechnung bringen; aber mir kommt es zu —

TITUS. Erlauben Sie, diese Sache kann man rangiren, ohne daß jemand dabei vor den Kopf gestoßen wird. Ich bin so frei — *nimmt das Geld von Constantia*. geben S' nur her — *nimmt das Geld von Flora*. So! — Nur in solchen Fällen niemanden beleidigen. *Zu den Gartenknechten*. Heut' werdt's alle tractirt von mir.

DIE KNECHTE. Juhe!

TITUS. Jetzt vorwärts aufs Schloß.

Chor.

Der neue Herr Gartner, laßt sich recht gut an;
Sein' G'sundheit wird 'trunken, das is halt ein Mann!

Titus geht während dem Chore mit Constanzen voran, die Knechte folgen mit den Obstkörben, Flora sieht ärgerlich nach, Plutzerkern betrachtet sie mit bedeutungsvollem Lächeln; unter dem Jubel des Gartenpersonales fällt der Vorhang.

Ende des ersten Aufzuges.

ZWEITER AUFZUG

Die Bühne stellt einen Theil des Schloßgartens vor: vorne rechts die Wohnung der Gärtnerin mit praktikablen Eingang: im Vordergrunde links ein Tisch mit mehreren Gartenstühlen. Im Hintergrund rechts sieht man einen Seitenflügel des Schlosses mit einem praktikablen Fenster.

Erster Auftritt.

PLUTZERKERN. MEHRERE GARTENKNECHTE. *Sitzen um den Tisch herum und trinken.*

Chor.

Man glaubt nicht, wie g'schwind
D' Krügeln austrunken sind,
Bei der Arbeit da rast't man so gern,
Beim Wein thut sich keiner beschwer'n,
Der wird ein'm nicht z'viel,
Man seufzt nach kein'm Ziel;
Das Trinken is wirklich a Pracht,
Die Fortsetzung folgt auf die Nacht.

PLUTZERKERN. Die Arbeit is heut' nicht präsant, wir hab'n noch über die Hälfte von Geld, das muß noch vertrunken wer'n; also heißt's zeitlicher Feierabend machen.

ERSTER KNECHT. Bei so was kommt g'wiß keiner z' spat.

PLUTZERKERN. Nur immer denken, ein Gartner ist die edelste Pflanze, drum muß er fleißig begossen werden, sonst welkt er ab.

ERSTER KNECHT. Is aber ein rarer Mann, der neue Herr Gartner, und ein rüstiger Mann.

ALLE. Das is wahr.

PLUTZERKERN. Oh, kurzsichtiges Volk; ein fauler Kerl is er, glaubt's mir, ich versteh' das, der wird uns keiner Arbeit überheb'n, im Gegenteil, wir werden ihn noch bedienen sollen, den hergeloff'nen Ding, und er wird d' Händ' in Sack stecken, den gnädigen Herrn wird er spielen wollen, der aufgeblas'ne Tagdieb.

DIE KNECHTE. Wär' net übel.

ERSTER KNECHT. Da soll ihm ja gleich —

PLUTZERKERN. Ruhig jetzt! — Zu diesen und ähnlichen Schimpfe-reien hab'n wir heut' abend die beste Zeit, wir können dann auch gleich Komplotte machen, wie wir ihn wieder aus'm Haus vertreiben wollen.

ALLE. Ja, das können wir.

PLUTZERKERN. Also nur ruhig, alles zu seiner Zeit.

Zweiter Auftritt.

VORIGE. FLORA.

FLORA *kommt mit einem Korb, in welchem sich Teller und Tischzeug be-finden, aus ihrem Hause.* Jetzt bitt' ich mir aber aus, daß einmal ein End' gemacht wird. Nehmt's engere Krügeln und geht's, den Tisch brauch' ich jetzt.

DIE KNECHTE. Wir hab'n ohnedem grad gehn woll'n.

PLUTZERKERN. Es g'schieht ja alles dem neuen Gartner zu Ehren.

FLORA *zu den Knechten.* Und daß was gearbeit't wird.

DIE KNECHTE *im Abgehen.* Schon recht. *Links im Hintergrunde ab*

Dritter Auftritt.

FLORA. PLUTZERKERN.

PLUTZERKERN. Ich begreif' nicht, wie Sie's übers Herz bringen, diese guten Menschen in ihrem unschuldigen Vergnügen zu stören.

FLORA *hat ein Tischtuch aus dem Korb genommen und es über den Tisch gebreitet.* Halt' Er 's Maul, und hilf Er mir den Tisch decken.

PLUTZERKERN. Gleich; diese Arbeit laß ich mir nie zweimal schaffen. *Nimmt Eßzeug und Teller aus dem Korbe.* Das is ja aber nur für zwei Personen?

FLORA. Freilich; ich wüßt' nicht, zu was mehrere nöthig wären?

PLUTZERKERN. Also speist der neue Gartner im Schloß bei der Kammerfrau?

FLORA. Dummkopf! er speist hier bei mir.

PLUTZERKERN. Er, Sie und ich; wir sind aber drei.

FLORA. Er hat an meinem Tisch gespeist, weil's mir allein zu langweilig war; jetzt wär' das überflüssig. Er hat sein Kostgeld, drum wird Er, wenn aufgetragen ist, gehn.

PLUTZERKERN *pikirt*. Das war die Zeit, wo ich sonst nie gegangen bin.

FLORA. Raisonnir' Er nicht und bring' Er die Suppen.

PLUTZERKERN *boßhaft*. Jetzt schon? Sie könnt' kalt wer'n; wer weiß, wann der kommt.

FLORA *ungeduldig nach dem Schlosse sehend*. Er muß den Augenblick da seyn. *Halb für sich*. Ich begreif' ohnedies nicht, wo er so lang —

PLUTZERKERN. Ah, ich fang's schon zum begreifen an.

FLORA. Schweig' Er und thu' Er, was man Ihm schafft.

PLUTZERKERN *im Abgehen, als ob er für sich spräche, aber so, daß es Flora hören muß*. Der muß eine neue Blumasch rangiren im Schloß, kann mir das lange Ausbleiben sonst gar nicht erklär'n. *In die Gärtnerwohnung ab*.

Vierter Auftritt.

FLORA, *dann* TITUS

FLORA *allein*. Der war zum letztenmal dort droben. Und wie sich diese Madam Constanz den Männern aufdringt, das ist ausdruckslos!

TITUS *erscheint im Schloß am Fenster mit vorgebundener Serviette, ein Fasanbiegel in der Hand*. Ah, Frau Gartnerin, gut, daß ich Ihnen seh', —

FLORA. Wo bleibt Er denn? ich wart' mit'm Essen. —

TITUS. Ich nicht; ich hab' schon gegess'n.

FLORA. Auf'm Schloß?

TITUS. Bei der Kammerfrau in der Kammer, sehr gut gespeist; es war der erste Fasan, dem ich die letzte Ehr' angetan hab'; mit diesem Biegel is seine irdische Hülle in der meinigen begraben.

FLORA. Es is aber sehr unschicklich, daß Er dort schmarotzt; ich werd' mir das verbieten.

TITUS. Sich können Sie verbieten, was Sie wollen; aber mir nicht, ich steh' nicht mehr unter Ihrer Tyrannei, ich hab' eine andere, eine bessere Condition angenommen.

FLORA *äußerst betroffen.* Was wär' das!?

TITUS. Warten S' a bissel, ich muß Ihnen was übergeben. *Zieht sich zurück.*

FLORA *allein.* Kammerfrau, ich kenne dich, das ist dein Werk! Eine Witwe, die selbst einen Liebhaber hat, fischt der andern den ihrigen ab, das wird doch ein Witwenstückl ohnegleichen seyn.

Fünfter Auftritt.

PLUTZERKERN, FLORA; *dann* TITUS *am Fenster.*

PLUTZERKERN *den Suppentopf auftragend.* Da is die Suppen.

TITUS *am Fenster im Schloß erscheinend.* Da sind die ehemaligen Kleider, die ich gegenwärtig nicht mehr brauch'. Mein Kompliment. *Wirft den Kleiderbündel herab, daß er Plutzerkern an den Kopf fliegt, und zieht sich zurück.*

PLUTZERKERN. Anpumt! Was ist das?

FLORA *zu Plutzerkern.* Pack' Er sich zum Guckguck!

PLUTZERKERN. Wird nicht gegessen?

FLORA. Nein, hab' ich gesagt. *Für sich.* Wer da nicht den Appetit verliert, der hat keinen zu verlieren.

PLUTZERKERN *pikirt.* Ich hab' glaubt, jetzt is die große Tafel in zwei'n, bei der ich überflüssig bin?

FLORA. Aus meinen Augen! *Für sich im Abgehen.* Boshafter Schlingel das! *In ihre Wohnung ab.*

PLUTZERKERN *allein.* Also er speist nicht da, sie speist gar nicht, und ich, der Ausgeschlossene, ich speis' jetzt für alle zwei! Unerforschliches Schicksal! diese Anwandlung von Gerechtigkeit hätt' ich dir gar nicht zugetraut. *In die Gärtnerwohnung ab.*

Verwandlung.

Saal im Schlosse mit einer Mittel- und zwei Seitenthüren.

Sechster Auftritt.

TITUS *allein, kommt aus der Mittelthür, er ist in eleganter Jägerlivree gekleidet.*

TITUS. Die macht's, wie die vorige, offerirt mir die verstorbene Garderobe von ihrem überstandenen Gemahl, und will, ich soll Jäger seyn. Ja, wenn die gnädige Frau von einem Jäger nichts anderes verlangt, als 's Wagenthürl aufmachen und aufs Brettel hupfen, so viel kann ich allenfalls leisten in der Forstwissenschaft. Oh, Parrucken! Dir hab' ich viel zu danken. Die Kost hier ist delikat, der Trunk exquisit, und ich weiß wirklich nicht, ob mich mehr mein Glückswechsel oder der Tokayer schwindlich macht.

Siebenter Auftritt.

TITUS. CONSTANTIA *von der Seite links.*

CONSTANTIA. Ah, das lass' ich mir gefallen. Die Gärtnerkleidung hat so etwas Bauernhaftes und Ihr Exterieur ist ja ganz für das edle Jagdkostum geschaffen.

TITUS. Wenn nur mein Exterieur in der gnädigen Frau dieselben gnädigen Ansichten erzeugt; ich fürchte sehr, daß ein ungnädiger Blick von ihr mir den Hirschfänger entreißt, und mir Krampen und Schaufel in die Hände spielt.

CONSTANTIA. Sie trauen mir sehr wenig Einfluß im Hause zu. Mein verstorbener Mann war hier Jäger, und meine Gebieterin wird gewiß nicht glauben, daß ich immer Witwe bleiben soll.

TITUS. Gewiß nicht; solche Züge sind nicht für lebenslänglichen Schleier geformt.

CONSTANTIA. Gesetzt nun, ich würde mich wieder verheirathen, zweifeln Sie, daß die gnädige Frau meinem Mann einen Platz in ihrem Dienst verleihen würde?

TITUS. Der Zweifel wäre Frevel.

CONSTANTIA. Ich sage das nicht, als ob ich auf Sie Absichten hätte —

TITUS. Natürlich, da haben Sie keine Idee —

CONSTANTIA. Ohne etwas zu verreden, sage ich das nur, um Ihnen zu beweisen, daß ich die Macht habe, jemanden eine Stelle auf dem Schlosse zu verschaffen.

TITUS *beiseite*. O rabenschwarzer Schädel, du wirkst himmelblaue Wunder!

CONSTANTIA. Mein seliger Mann —

TITUS. Hören Sie auf, nennen Sie nicht den Mann selig, den der Taschenspieler »Tod« aus Ihren Armen in das Jenseits hinüberchangirt hat; nein, der ist es, der sich des Lebens in solcher Umschlingung erfreut. Oh, Constantia! — Man macht dadurch überhaupt dem Ehestand ein sehr schlechtes Kompliment, daß man nur immer die verstorbenen Männer, die ihn schon überstanden haben: »Die Seligen« heißt.

CONSTANTIA. Also sind Sie der Meinung, daß man an meiner Seite —

TITUS. Stolz in die unbekannten Welten blicken und sich denken kann, überall kann's gut seyn, aber hier ist's am besten.

CONSTANTIA. Schmeichler!

TITUS *beiseite*. Das sind die neuen metaphisischen Galanterien, die wir erst kriegt haben. *Laut*. Ich glaub', ich hör' wem im Vorzimmer.

Achter Auftritt.

VORIGE. SALOME.

SALOME *schüchtern zur Mitte eintretend*. Mit Erlaubnis —

TITUS *erschrocken, für sich*. Uie, die Salome! *Wirft sich nachlässig in einen Stuhl, so, daß er das Gesicht von ihr abwendet.*

CONSTANTIA. Wie kommt Sie da herein?

SALOME. Draußt war kein Mensch, so hab' ich 'glaubt, das wird 's Vorzimmer seyn; jetzt seh' ich aber — Oh, ich bitt', Madam, kommen S' nur a bissel heraus, mir verschlagt's die Red', wenn ich so in der Pracht drinnen steh'.

CONSTANTIA. Keine Umstände, was will Sie? Nur geschwind!

SALOME. Ich such' einen, ich hab' ihn schon bei der Gartnerin g'sucht, dort hab' ich ihn aber nicht g'funden, jetzt bin ich daher.

CONSTANTIA *Verdacht schöpfend*. Wen sucht Sie?

SALOME. Wissen S', ich such' halt ein'n mit rothe Haare.

CONSTANTIA *beschwichtigt*. Nun, den wird Sie leicht finden, weil er Ihr auf hundert Schritte entgegenleuchtet.

TITUS *für sich*. O nagelneuer Witz, du hast mich schon oft erfreut.

CONSTANTIA. Hier im Schloß wird Sie sich aber vergebens bemühen, denn ich und die gnädige Frau würden einen Solchen nicht dulden, wir haben beide Antipathie gegen rothe Haare.

SALOME. Wenn er aber doch kommen sollt', so sag'n S' ihm, es haben ihn Leut' g'sucht, aus der Stadt, die haben so verdächtig um ihn g'fragt —

TITUS *sich vergessend, springt erschrocken auf*. Und was hat Sie den Leuten g'sagt?

SALOME *zusammenfahrend*. Was ist das!? — *Titus erkennend*. Ah! — *sie wankt und fällt Constantia in die Arme.*

CONSTANTIA. Was hat denn die Person? — *Zu Titus*. So bringen Sie doch einen Stuhl, ich kann sie nicht halten.

TITUS *einen Stuhl bringend.* Setzen wir's nieder.

CONSTANTIA *läßt Salome in den Stuhl sinken.* Sie rührt sich nicht, sie ist ganz bewegungslos. *Zu Titus.* Das ist höchst sonderbar. Ihr Anblick hat diese Wirkung auf sie hervorgebracht.

TITUS *verlegen.* Das kann nicht seyn, ich bin nicht zum Umfallen wild, und was meine Schönheit anbelangt, so is sie auch wieder nicht so groß, daß man drüber 's Gleichgewicht verlieren muß.

CONSTANTIA. Sie sehn aber, daß sie sich gar nicht bewegt.

TITUS *sehr verlegen.* Ja, das seh' ich.

CONSTANTIA. Jetzt aber scheint mir — ja, sie bewegt sich.

TITUS. Ja, das seh' ich auch; ich werd' frisches Wasser holen. *Will fort.*

CONSTANTIA. Nichts da, das wird nicht nöthig seyn; oder haben Sie vielleicht besondere Ursachen, sich fortzuschleichen?

TITUS. Wüßte nicht, welche; ich kenn' die Person nicht.

CONSTANTIA. Dann brauchen Sie ja ihr Erwachen nicht zu fürchten.

TITUS. Gar nicht; wer sagt denn, daß ich mich fürcht'?

SALOME *sich erholend.* Ach, — Madam, — mir wird schon wieder leichter. —

CONSTANTIA. Was war Ihr denn eigentlich?

SALOME. Der Herr —

CONSTANTIA. Also kennt Sie ihn?

SALOME. Nein ich kenn' ihn nicht, gewiß nicht; *aufstehend.* aber wie er mich so scharf ang'redt hat —

CONSTANTIA. Darüber ist Sie —?

SALOME. Nicht wahr? 's is a Schand, solche Stadtnerven für a Bauerndirn? *zu Titus, der verblüfft dasteht.* Sein S' net bös, und wenn S' vielleicht den sehen mit die rothen Haar', so sagen S' ihm, ich

hab's gut g'meint, ich hab' ihn nur warnen wollen; ich werd' ihn
g'wiß nit verraten an die Leut', die um ihn fragen, und sagen S'
ihm, ich werd' auch g'wiß sein'm Glück nicht mehr in'n Weg
treten — *die Thränen unterdrückend.* Sagen S' ihm das, wann S' den
sehen mit die rothen Haar. *Zu Constantia.* Und jetzt bitt' ich noch-
mal um Verzeihung, daß ich umg'fallen bin, in Zimmern, die
nicht meinesgleichen sind, und pfürt Ihnen Gott alle zwei und
— *bricht in Thränen aus* — jetzt fang' ich gar zum weinen an, — das
g'hört sich schon gar net. — Nix für ungut, ich bin halt schon so
a dalket's Ding. *Eilt weinend zur Mittelthür ab.*

Neunter Auftritt.

VORIGE, *ohne* SALOME.

CONSTANTIA *ihr verwundert nachblickend.* Hm, — dieses Geschöpf, ich
muß gestehen, daß mir die Sache höchst verdächtig vorkommt.

TITUS *sich nur nach und nach von seiner Verlegenheit erholend.* Was?

CONSTANTIA. Sie war so bewegt, so ergriffen —

TITUS. Über einen Rothhaarigen, das haben S' ja g'hört.

CONSTATNIA. Von dem sprach sie, aber über Ihre Person schien sie
aufs heftigste —

TITUS. Jetzt hör'n Sie auf; was fällt Ihnen ein.

CONSTANTIA. Sie werden mir doch nicht abstreiten wollen, daß sie
in der heftigsten Bewegung war?

TITUS. Was geht denn aber das mich an? Zuerst hab'n S' mich völlig
ausg'macht, weil sie bewegungslos war, und jetzt fahr'n S' über
mich, weil sie eine Bewegung hat; ich begreif' gar nicht —

CONSTANTIA. Nun, werd'n S' nur nicht gleich böse, ich kann ja unrecht haben. — Daß Sie in Verbindung mit einer so gemeinen
Person — das wäre ja unglaublich.

TITUS. Ich glaub's. Ich bin ein Jüngling, der Carriere machen muß;
mit Beziehung. Meine Ideen schweifen ins Höhere —

CONSTANTIA *kokett.* Wirklich? 's war nur ein Glück, daß der unangenehme Auftritt in Abwesenheit der gnädigen Frau, — die

gnädige Frau haßt das Gemeine ungemein, sie hat für nichts Sinn, als für geistige Bildung, so wie ich; sie ist selbst Schriftstellerin.

TITUS. Schriftstellerin?

CONSTANTIA. Wenn einmal von etwas Literarischen die Rede seyn sollte — Sie wissen doch was davon?

TITUS. Nein.

CONSTANTIA. Das ist schlimm.

TITUS. Kinderei. Wenn ich auch nichts von der Schriftstellerei weiß, von die Schriftsteller weiß ich desto mehr. Ich darf nur ihre Sachen göttlich finden, so sagt sie gewiß: »Ah, der Mann versteht's, —tiefe Einsicht, — gründliche Bildung!«

CONSTANTIA. Sie sind ein Schlaukopf. *Für sich.* Das ist doch ganz ein anderer Mensch als mein Friseur.

Zehnter Auftritt.

VORIGE. MONSIEUR MARQUIS.

MARQUIS *zur Mitte eintretend.* Schönste Constanze —

TITUS *für sich.* Das ist der erlauchte Perruckenspender, wenn der nur nicht plauscht. *Zieht sich seitwärts.*

MARQUIS. Beinahe wäre mir nicht mehr das Glück zu Theil geworden, diese reizende Hand an meine Lippen zu drücken. *Küßt ihr die Hand.*

TITUS *für sich, erstaunt.* Diese Herablassung — Ein Marquis und küßt ihr die Hand, einer antichambrischen Person, — das ist viel.

CONSTANTIA. Es ist schon so spät, daß ich glaubte, Sie würden heute gar nicht kommen.

MARQUIS. Sie können denken, daß nur ein außerordentlicher Zufall — was ist das? *bemerkt Titus, welcher ein, auf einen Stuhl liegendes, Tuch ergreift und emsig die Meubel abstaubt.* Ein neuer Jäger aufgenommen?

CONSTANTIA. Seit heute; ein Mensch, der viele Anlagen besitzt.

MARQUIS. Wie können Sie die Anlagen eines Jägers beurtheilen? Hat er was getroffen? Und überhaupt, wozu ein Jäger im Hause einer Dame?

CONSTANTIA. Sie sehen, daß er sehr fleißig ist und sich zu allem gebrauchen läßt.

MARQUIS *sich bemühend, Titus im Gesicht zu sehen, welcher es aber durch komische Emsigkeit vermeidet.* Ja, ja, das seh' ich.

TITUS *für sich.* Mein G'sicht zeig' ich ihm um kein'n Preis.

CONSTANTIA. Sie vergessen aber ganz, mir den Vorfall zu erzählen.

MARQUIS *öfter nach Titus hinübersehend.* Es war mehr ein Unfall, der mit einem genickbrechenden Wasserfall geendet hätte, wenn nicht der Zufall einen Menschen, gerade in dem Augenblicke, wo das abscheuliche Thier, mein feuriger Fuchs —

TITUS *erschreckend.* Jetzt hab' ich glaubt, er nennt mich beim Nam'n.

CONSTANTIA. Fuchs? Ich glaubte, Sie haben noch den häßlichen Rothschimmel?

TITUS *für sich.* Wieder ein heimliches Compliment.

MARQUIS. Ich habe ihn umgetauscht, weil sein Anblick Ihnen so zuwider war. Dieser Mensch also — *Titus scharf fixirend.* mein Retter — *Titus umdrehend.* ich irre mich nicht, — der ist's!

TITUS *sich tief verneigend.* Ich bitt', — Euer Gnad'n — Herr Marquis nehmen mich für einen andern — *will zur Mitte ab.*

MARQUIS *ihn zurückhaltend.* Wozu das Läugnen, edler Mann, Sie sind's, die Gestalt, die Stimme, die Farbe der Haare —

TITUS *für sich in ängstlicher Verlegenheit.* Uie! jetzt kommt er schon über d' Haar.

CONSTANTIA. Gewiß, wer diese Haare einmal gesehen, der wird sie nicht vergessen; wirklich bewundernswerth sind diese Locken.

MARQUIS *sich geschmeichelt fühlend.* Oh, ich bitte, zu gütig!

Titus *zu Constantia.* Der Herr Marquis bedankt sich, anstatt meiner, für das Compliment, meiner Bescheidenheit bleibt also nichts mehr übrig —

Constantia *zum Marquis.* Sie verstehen das: ist Ihnen je so ein Glanz, so eine Krause — *zeigt nach dem Kopfe des Titus, als ob sie ihm mit der Hand durch die Locken fahren wollte.*

Titus *zurückprallend.* Oh, nur nicht anrühren, ich bin da so haiklich —

Marquis *halbleise, pikirt zu Constantia.* Sie scheinen übrigens besonderes Interesse an dem Domestiken zu nehmen.

Constantia *etwas verlegen.* Ich? — hm, — es ist eine Art von Kameradschaft, die —

Marquis *wie oben.* Die meines Erachtens zwischen dem Jäger und der Kammerfrau nicht existirt.

Constantia *halbleise zum Marquis.* Monsieur Marquis, ich danke für die Aufklärung; was schicklich ist oder nicht, weiß ich schon selbst zu beurtheilen.

Marquis *für sich.* Ich habe sie beleidigt. *Zu Constantia in einem sanften Ton.* Verzeihen Sie, schönste Constanze, ich wollte nur —

Constantia. Sie wollen die blonde à l'enfant-Perrücke der gnädigen Frau frisiren; im Kabinet dort *nach rechts zeigend.* im kleinen Wandschrank werden Sie sie finden; gehen Sie an Ihr Geschäft.

Titus *erstaunt.* Was ist das? Das is ja ein Friseur. — *Zum Marquis.* Ich hab' geblaubt, Sie sind ein Marquis, eine Mischung von Baron, Herzog und Großer des Reichs?

Marquis. Ich heiße nur Marquis und bin Perukier.

Titus. Ja, das ist ein anderes Korn. Jetzt füllt sich die Kluft des Respekts mit Friseurkasteln aus, und wir können ungenirt Freundschaft schließen miteinand. *Reicht ihm die Hand.*

Marquis *ihm ebenfalls die Hand reichend.* Ich bin Ihnen Dank schuldig; *leise.* aber auch Sie mir, und es wird sehr gut für Sie seyn, wenn wir Freunde bleiben.

Titus. Auf Leben und Tod!

Constantia *für sich*. Monsieur Titus soll von meinem Verhältniß
zum Marquis noch nichts erfahren, und des Friseurs eifersüchtiges
Benehmen könnte leicht — das beste ist, ich entferne mich. *Laut.*
Meine Herren, wichtige Geschäfte, — ich lasse die beiden Freunde
allein. *Geht zur Mitte ab.*

Titus *ihr nachrufend.* Adieu, reizende Kammeralistin.

Eilfter Auftritt.

Vorige *ohne Constantia.*

Marquis. Mein Herr, was sollen diese Galanterien? Ich sage Ihnen
geradezu, ich verbitte mir das; Madame Constanze ist meine
Braut, und wehe Ihnen, wenn Sie es wagen —

Titus. Was? Sie drohen mir? —

Marquis. Ja, mein Herr, ich warne Sie wenigstens, vergessen Sie
ja nicht, daß Ihr Schicksal am Haare hängt, und —

Titus. Und daß Sie so undankbar seyn könnten, das Perrucken-
Verhältniß zu verrathen.

Marquis. Und daß ich so klug seyn könnte, mich auf diese Weise
eines Nebenbuhlers zu entledigen.

Titus. Was? So spricht der Mann? Der Mann zu dem Mann, ohne
dem dieser Mann ein Mann des Todes wäre? ohne welchem Mann
diesen Mann jetzt die Karpfen fresseten?

Marquis. Ich bin Ihnen zu großem Dank, aber keinesweges zur Ab-
tretung meiner Braut verpflichtet.

Titus. Wer sagt denn, daß sie abgetreten werden soll? Ich buhle
ja nicht um die Liebe, nur um die Protektion der Kammerfrau.

Marquis. Ah, jetzt sprechen Sie vernünftig! Auf diese Weise kön-
nen Sie auf meine Dankbarkeit und vor Allem auf Bewahrung des
Haargeheimnisses zählen; hüthen Sie sich aber, mir Anlaß zum
Mißvergnügen zu geben, denn sonst — *drohend.* denken Sie nur,
Ihr Kopf ist in meiner Gewalt. *Geht zur Seite rechts ab.*

Zwölfter Auftritt.

TITUS *allein.*

TITUS. Verfluchte G'schicht'! Heut' kommt viel über mein' Kopf; wenn ich nur nicht auch so viel drin hätt', aber der Tokayerdunst — und das — daß die Madame Kammerfrau den Friseur seine Jungfer Braut is, geht mir auch *auf den Kopf deutend.* da herum. *Wirft sich in einen Lehnstuhl.* Das wär' eigentlich Herzenssache, aber so ein Herz is dalket und indiskret zugleich, wie's a Bissel ein'n kritischen Fall hat, so schickt's ihn gleich dem Kopf über'n Hals, wenn's auch sieht, daß der Kopf ohnedieß den Kopf voll hat. Ich bin ordentlich matt. *Gähnt.* A halb's Stünderl könnt's doch noch dauern, bis die gnädige Frau kommt; *läßt den Kopf in die Hand sinken.* Da könnt' ich mich ja — *gähnend.* ein wenig ausduseln — nicht einschlafen — bloß ausduseln — a wenig — ausduseln — *Schläft ein.*

Dreizehnter Auftritt.

TITUS. MARQUIS.

MARQUIS *kommt nach einer kleinen Pause aus der Thür rechts.* Da drinnen ist ein Fenster zerbrochen; ich kann den Zug nicht vertragen und habe daher die Spalettladen geschlossen; jetzt ist's aber so finster drin, daß ich unmöglich ohne Licht — der Jäger soll mir — wo ist er denn hin? — Am Ende ist er gar zu meiner Constanze geschlichen. Da soll ihm ja — *will zur Mitte abeilen, und sieht den schlafenden Titus im Lehnstuhle.* Ach nein, ich hab' ihm Unrecht gethan, die Eifersucht — närrisches Zeug — ich muß das lassen. — Wie ruhig er da liegt — so schläft kein Verliebter, der hat wohl keinen Gedanken an sie. —

TITUS *lallt im Schlafe.* Con-sta-sta-stanzia —

MARQUIS. Alle Teufel! — was war das? *Tritt auf den Zehen näher.*

TITUS *wie oben.* Rei-zende — Gestalt — Co-Con-stanzia —

MARQUIS. Er träumt von ihr; der Schlingel untersteht sich, von ihr zu träumen.

TITUS *wie oben.* Nur — noch ein-Bu-Bu-Bussi —

MARQUIS. Höllen-Element, solche Träume duld' ich nicht. *Will ihn
an der Brust fassen, besinnt sich aber.* Halt! — so wird's besser gehen;
wir wollen doch sehen, ob sie dem Rothkopf ein Bububussi gibt.
*Nähert sich der Rückseite des Stuhles und macht ihm äußerst behuthsam
die Perrücke los.*

TITUS *wie oben.* Laß gehen — Sta-Stanzia — ich bin kitzlich — auf'm
Kopf —

MARQUIS *nimmt ihm die Perrücke weg.* Jetzt versuche dein Glück,
rother Adonis; den Talisman erhältst du nimmer wieder. *Steckt die
Perrücke zu sich und eilt zur Mitte ab.*

Vierzehnter Auftritt.

TITUS *allein, im Schlafe sprechend.*

TITUS. O — zartes — Ha-Handerl. — *Man hört von außen das Ge-
räusch eines in das Thor einfahrenden Wagens, gleich darauf wird stark
geläutet, Titus fährt aus dem Schlafe empor.* Was war das?! Mir
scheint gar — *Läuft zur Mittelthür.* Ein Bedienter stürzt sich hinaus — die Gnädige kommt nach Haus — jetzt werd' ich vorgestellt.
Richtet seinen Anzug. Mein Anzug ist ganz derangirt — 's Krawa-
tel verschlafen — wo is denn g'schwind ein Spiegel?! — *Lauft
zu einem an der Coulisse links hängenden Spiegel, sieht hinein und prallt
zurück.* Himmel und Erden, d' Perrücken is weg! — Sie wird
mir im Schlaf hinunterg'fall'n — *läuft zum Lehnstuhl und sucht.*
Nein, weg, verloren, geraubt! Wer hat diese Bosheit? — Da ist
Eifersucht im Spiel! Othellischer Friseur! Pomadiges Ungeheuer!
das hast du gethan! Du hast den gräßlichen Perrückenraub begangen! Jetzt, in dem entscheidendsten, hoffnungsvollsten Moment stehe ich da als Windlicht an der Todtenbahr meiner
jungen Carriere! Halt — er is da drin und frisirt die Tour der
Gnädigen — der kommt mir nicht aus; du gibst mir meine Perrücken wieder, oder zittere, Kampelritter, ich beutl' dir die Haar-
puderseel' bis aufs letzte Stäuberl aus'm Leib! *Stürzt wüthend
in die Seitenthür ab.*

Fünfzehnter Auftritt.

FRAU VON CYPRESSENBURG *und* EMMA *treten zur Linken ein.*

FRAU VON CYPRESSENBURG. Ich muß sagen, ich finde das sehr eigen-
mächtig, beinahe keck von der Constanze, daß sie sich unter-

steht, in meiner Abwesenheit Domestiken aufzunehmen, ohne durch meinen Befehl hierzu authorisirt zu seyn.

EMMA. Seyn Sie nicht böse darüber, liebe Mutter, sie hat ja einen Jäger aufgenommen, und das war schon lange mein Wunsch, daß wir einen Jäger haben; nimmt sich ja viel hübscher aus, als unsere zwei schiefbeinige Bediente in der altfränkischen Livree.

FRAU VON CYPRESSENBURG. Wozu brauchen Damen einen Jäger?

EMMA. Und es soll ein recht marzialischer Schwarzkopf seyn, sagt die Constanze, der Schnurbart zwar fehlt ihm, den muß ihm die Mama wachsen lassen, und auch einen Backenbart, ebenfalls ganz schwarz, daß aus dem ganzen Gesicht nichts heraussieht, als zwei glühende schwarze Augen; so was steht prächtig hinten auf dem Wagen.

FRAU VON CYPRESSENBURG *ohne Emmas voriger Rede besondere Aufmerksamkeit geschenkt zu haben.* Schweig! ich werde den Menschen wieder fortschicken und damit Punktum! Wo ist er denn? Titus, hat sie gesagt, heißt er? — He! Titus!

Sechzehnter Auftritt.

VORIGE. TITUS.

TITUS *kommt in blonder Perrücke aus der Seitenthür rechts.* Hier bin ich, und beuge mich im Staube vor der hohen Gebieterin, der ich in Zukunft dienen soll.

EMMA *erstaunt beiseite.* Was ist denn das? Das ist ja kein Schwarzkopf?

FRAU VON CYPRESSENBURG *für sich*, *aber laut.* Recht ein artiger Blondin.

TITUS *hat das letzte Wort gehört, für sich.* Was? Die sagt Blondin?

FRAU VON CYPRESSENBURG *zu Titus.* Meine Kammerfrau hat Ihm die Stelle eines Jägers gegeben, und ich bin nicht abgeneigt — *zu Emma sich wendend.* Emma — *spricht im stillen mit Emma fort.*

TITUS *für sich.* Blondin hat s' g'sagt? — Ich hab' ja doch — *sieht sich verlegen um, so daß sein Blick in einen, an der Coulisse rechts hän-*

genden Spiegel fällt, äußerst erstaunt. Meiner Seel' ich bin blond!
Ich hab' da drin aus lauter Dunkelheit a lichte Perrücken erwischt.
Wann nur jetzt die Kammerfrau nicht kommt.

FRAU VON CYPRESSENBURG *im Gespräch mit Emma fortfahrend.* Und
sage der Constanze —

TITUS *erschrocken für sich.* Uije, die laßt's holen!

FRAU VON CYPRESSENBURG *ihre Worte fortsetzend.* Sie soll meinen Anzug zur Abendgesellschaft ordnen.

TITUS *aufathmend, für sich.* Gott sey Dank, da hat s' a Weil z' thun.

EMMA. Sogleich! *Für sich im Abgehen.* Die alberne Constanze hielt
mich zum besten; gibt einen Blondin für einen Schwarzkopf
aus. *Zur Mitte ab.*

Siebenzehnter Auftritt.

VORIGE, *ohne* EMMA.

TITUS *für sich.* Ich stehe jetzt einer Schriftstellerin gegenüber, da
thun's die Alletagsworte nicht, da heißt's jeder Red' ein Feiertagsg'wand'l anziehn.

FRAU VON CYPRESSENBURG. Also jetzt zu Ihm, mein Freund.

TITUS *sich tief verbeugend.* Das ist der Augenblick, den ich im gleichen
Grade gewünscht und gefürchtet habe, dem ich so zu sagen, mit
zaghafter Kühnheit, mit muthvollem Zittern entgegengesehen.

FRAU VON CYPRESSENBURG. Er hat keine Ursache, sich zu fürchten,
Er hat eine gute Tourniere, eine agreable Façon, und wenn Er
sich gut anläßt — Wo hat Er denn früher gedient?

TITUS. Nirgends; es ist die erste Blüthe meiner Jägerschaft, die ich
zu Ihren Füßen niederlege, und die Livree, die ich jetzt bewohne,
umschließt eine zwar dienstergebene, aber bis jetzt noch ungediente Individualität.

FRAU VON CYPRESSENBURG. Ist Sein Vater auch Jäger?

TITUS. Nein, er betreibt ein stilles, abgeschiedenes Geschäft, bei
dem die Ruhe das einzige Geschäft ist; er liegt von höherer Macht

gefesselt, und doch ist er frei und unabhängig, denn er ist Verweser seiner selbst; — er ist todt.

FRAU VON CYPRESSENBURG *für sich*. Wie verschwenderisch er mit zwanzig erhabenen Worten das sagt, was man mit einer Sylbe sagen kann. Der Mensch hat offenbare Anlagen zum Literaten. *Laut*. Wer war also Sein Vater?

TITUS. Er war schülerischer Meister; Bücher, Rechentafel, und Patzenferl waren die Elemente seines Daseyns.

FRAU VON CYPRESSENBURG. Und welche literarische Bildung hat er Ihm gegeben?

TITUS. Eine Art Mille fleurs-Bildung; ich besitze einen Anflug von Geographie, einen Schimmer von Geschichte, eine Ahndung von Philosophie, einen Schein von Jurisprudenz, einen Anstrich von Chyrurgie und einen Vorgeschmack von Medizin.

FRAU VON CYPRESSENBURG. Charmant! Er hat sehr viel, aber nichts gründlich gelernt, darin besteht die Genialität.

TITUS *für sich*. Das is 's erste, was ich hör', jetzt kann ich mir's erklären, warum's so viele Genies gibt.

FRAU VON CYPRESSENBURG. Seine blonden Locken schon zeigen ein apollverwandtes Gemüth. War sein Vater, oder Seine Mutter blond?

TIUTS. Keins von alle Zwei; es is ein reiner Zufall, daß ich blond bin.

FRAU VON CYPRESSENBURG. Je mehr ich Ihn betrachte, je länger ich Ihn sprechen höre, desto mehr überzeuge ich mich, daß Er nicht für die Livree paßt. Er kann durchaus mein Domestik nicht seyn.

TITUS. Also verstoßen, verschmettert, vermalmt?

FRAU VON CYPRESSENBURG. Keineswegs, ich bin Schriftstellerin und brauche einen Menschen, der mir nicht als gewöhnlicher Copist, mehr als Consulent, als Sekretär bei meinem intellectuellen Wirken zur Seite steht, und dazu ernenn' ich Sie.

TITUS *freudig überrascht*. Mich? — Glauben Euer Gnaden, daß ich imstand' bin, einen intellectuellen Zuseitensteher abzugeben?

FRAU VON CYPRESSENBURG. Zweifelsohne, und es ist mir sehr lieb, daß die Stelle vacant ist; ich habe einen weggeschickt, den man mir recommandirte, einen Menschen von Gelehrsamkeit und Bildung, aber er hatte rothe Haare, und das ist ein horreur für mich; dem hab' ich gleich gesagt: »Nein, nein, mein Freund, 's ist nichts. Adieu!« Ich war froh, wie er fort war.

TITUS *für sich*. Da darf ich mich schön in Obacht nehmen, sonst endet meine Carriere mit einem Flug bei der Thür hinaus.

FRAU VON CYPRESSENBURG. Legen Sie nur gleich die Livrée ab; ich erwarte in einer Stunde Gesellschaft, der ich Sie als meinen neuen Secretär vorstellen will.

TITUS. Euer Gnaden, wenn ich auch den Jäger ablege, mein anderer Anzug is ebenfalls Livrée, nämlich Livrée der Armuth: ein g'flickter Rock mit z'rissene Aufschläg'.

FRAU VON CYPRESSENBURG. Da ist leicht abgeholfen. Gehen Sie da hinein, *nach rechts deutend*. dann durchs Billardzimmer in das Eckkabinet, da finden Sie die Garderobe meines verewigten Gemahls; er hatte ganz Ihren Wuchs. Wählen Sie nach Belieben und kommen Sie sogleich wieder hierher.

TITUS *für sich*. Wieder der Anzug von ein'm Seligen. *Sich verbeugend*. Ich eile. *Für sich im Abgehen*. Ich bring' heut' ein'n ganzen seligen Tandelmarkt auf den Leib. *Rechts in die Seitenthür ab*.

Achtzehnter Auftritt.

FRAU VON CYPRESSENBURG, *dann* CONSTANTIA.

FRAU VON CYPRESSENBURG *allein*. Der junge Mann schwindelt auf der Höhe, auf die ich ihn gehoben, wenn ich ihn durch Vorlesungen meiner Dichtungen in überirdische Regionen führe, wie wird ihm da erst werden.

CONSTANTIA *aufgeregt zur Mitte eintretend*. Übel, sehr übel find' ich das angebracht.

FRAU VON CYPRESSENBURG. Was hat Sie denn?

CONSTANTIA. Ich muß mich über das gnädige Fräulein beklagen. Ich find' es sehr übel angebracht, einen Spaß so weit zu treiben.

Sie hat mich ausgezankt, ich hätt' sie wegen den Haaren des Jägers angelogen; ich glaubte anfangs, sie mache einen Scherz; am Ende aber hat sie mich eine dumme Gans geheißen.

FRAU VON CYPRESSENBURG. Ich werde sie darüber repromandiren. Uebrigens ist der Mensch nicht mehr Jäger; ich habe ihn zum Sekretair ernannt, und man wird ihm die, seinem Posten schuldige, Achtung erweisen.

CONSTANTIA. Sekretair!? Ich bin entzückt darüber, daß er vor Ihnen Gnade gefunden. Die schwarze Sekretair-Kleidung wird ihm sehr gut lassen zu dem schwarzen Haar.

FRAU VON CYPRESSENBURG. Was spricht Sie da?

CONSTANTIA. Schwarze Haare, hab' ich gesagt.

FRAU VON CYPRESSENBURG. Mir scheint, Sie ist verrückt; ich habe noch kein schöneres Goldblond gesehen.

CONSTANTIA. Euer Gnaden spaßen.

FRAU VON CYPRESSENBURG. Ist mir noch nicht oft eingefallen, mit meinen Untergebenen zu spaßen.

CONSTANTIA. Aber, Euer Gnaden, ich hab' ja mit eigenen Augen —

FRAU VON CYPREESSENBURG. Meine Augen sind nicht weniger eigen, wie die Ihrigen.

CONSTANTIA *äußerst betroffen.* Und Euer Gnaden nennen das blond?

FRAU VON CYPRESSENBURG. Was sonst?

CONSTANTIA. Euer Gnaden verzeihen, dazu gehören sich wirklich eigene Augen. Ich nenne das das schwärzeste Schwarz, was existirt.

FRAU VON CYPRESSENBURG. Lächerliche Person, mache Sie Ihre Schwänke Jemand anderm vor.

CONSTANTIA. Nein, das ist, um den Verstand zu verlieren.

FRAU VON CYPRESSENBURG *nach rechts sehend.* Da kommt er. — Nun? ist das blond oder nicht?

Neunzehnter Auftritt.

VORIGE. TITUS *aus der Seitenthür rechts kommend, im schwarzen Frack, kurzen Hosen, seidenen Strümpfen und Schuhen.*

TITUS. Hier bin ich, gnädigste Gebieterin. *Erblickt Constantia und erschrickt, für sich.* O je! die Constantia!

CONSTANTIA *äußerst betroffen.* Was ist denn das?!

FRAU VON CYPRESSENBURG *zu Constantia.* In Zukunft verbiete ich mir derlei —

CONSTANTIA. Aber Euer Gnaden, ich hab' ja —

FRAU VON CYPRESSENBURG. Kein Wort mehr! —

TITUS *zu Frau von Cypressenburg.* Die Gnädigste sind aufgeregt; was ist's denn? —

FRAU VON CYPRESSENBURG. Stellen Sie sich vor, die Närrin da behauptet, Sie hätten schwarze Haare.

TITUS. Das ist schwarze Verleumdung.

CONSTANTIA. Da möchte man den Verstand verlieren!

FRAU VON CYPRESSENBURG. Daran wäre nichts gelegen, wohl aber, wenn ich die Geduld verlöre. Geh' Sie und ordne Sie meine Toilette.

CONSTANTIA. Ich kann noch einmal versichern —

FRAU VON CYPRESSENBURG *ärgerlich.* Und ich zum letzten Male sagen, daß Sie gehen soll.

CONSTANTIA *sich gewaltsam unterdrückend und abgehend.* Das übersteigt meine Fassung! *Durch die Mitte ab.*

Zwanzigster Auftritt.

FRAU VON CYPRESSENBURG. TITUS.

FRAU VON CYPRESSENBURG. Insolente Person das!

TITUS *für sich.* Meine Stellung hier im Hause gleicht dem Brett des Schiffbrüchigen; ich muß die Andern hinunterstoßen, oder selbst untergehn. *Laut.* Oh, gnädige Frau, dieses Frauenzimmer hat noch andere Sachen in sich.

FRAU VON CYPRESSENBURG. War sie etwa unhöflich gegen Sie?

TITUS. Oh, das nicht, sie war nur zu höflich; es sieht kurios aus, daß ich darüber red', aber ich mag das nicht; diese Person macht immer Augen auf mich, als wenn — und red't immer, als ob — und thut immer, als wie — und — ich mag das nicht.

FRAU VON CYPRESSENBURG. Sie soll fort, heute noch. —

TITUS. Und dann betragt sich dero Friseur auch auf eine Weise; er hat ein fermes Liaison-Verhältnis mit der Kammerfrau, was doch ganz gegen den Anstand des Hauses —

FRAU VON CYPRESSENBURG. Den dank' ich ab.

TITUS. Mich verletzt so was gleich, diese Liebhaberei, dieses Charmiren, ich seh' das nicht gern, *beseite.* ich thu's lieber selber.

FRAU VON CYPRESSENBURG *beseite.* Welch zartes, nobles Sentiment! *laut.* Marquis hat mich zum letzten Male frisirt.

TITUS. Und dann is noch die Gärtnerin, — na, da will ich gar nichts sagen.

FRAU VON CYPRESSENBURG. Sprechen Sie, ich will es!

TITUS. Sie hat mir einen halbeten Heirathsantrag gemacht.

FRAU VON CYPRESSENBURG. Impertinent!

TITUS. Einen förmlichen halbeten Heirathsantrag.

FRAU VON CYPRESSENBURG. Die muß heute noch aus meinem Hause.

TITUS *für sich.* Alle kommen s' fort; jetzt kann ich blonder Jüngling bleiben. *Laut.* Mir ist leid, daß ich —

FRAU VON CYPRESSENBURG. Schreiben Sie sogleich an alle drei die Entlassungsbriefe.

TITUS. Nein, das kann ich nicht; mein erstes Geschäft als Sekretair darf kein so grausames seyn.

FRAU VON CYPRESSENBURG. Nein, ein edles Herz hat der junge Mann!

Ein und zwanzigster Auftritt.

VORIGE. EMMA *aus der Seitenthüre links.*

EMMA. Mama, ich komme, die Constanze zu verklagen, sie hat mich durch ihr Benehmen gezwungen, sie eine dumme Gans zu heißen.

TITUS *für sich.* Daß doch immer Eine der Andern was vorzurupfen hat.

FRAU VON CYPRESSENBURG. Du wirst ihr sogleich den Dienst aufkündigen, der Constanze mündlich, der Gärtnerin und dem Friseur schriftlich.

EMMA. Schön, liebe Mama!

TITUS *sich erstaunt stellend.* Mama?!

FRAU VON CYPRESSENBURG. Ja, dies ist meine Tochter.

TITUS. Ah! — nein! — nein! — hör'n Sie auf! — Nein, das ist nicht möglich!

FRAU VON CYPRESSENBURG. Warum nicht?

TITUS. Es geht ja nicht hinaus mit die Jahre.

FRAU VON CYPRESSENBURG *sich sehr geschmeichelt fühlend.* Doch, mein Freund.

TITUS. So eine junge Dame und diese große Tochter? nein, das machen Sie wem Andern weis; das ist eine weitschichtige Schwester, oder sonst himmelweit entfernte Verwandte des Hauses. Wenn ich Euer Gnaden schon eine Tochter zutrauen soll, so kann sie höchstens — das is aber schon das Höchste — so groß seyn — *zeigt die Größe eines neugeborenen Kindes.*

FRAU VON CYPRESSENBURG. Es ist so, wie ich gesagt; man hat sich conservirt.

TITUS. Oh, ich weiß, was Conservirung macht; aber so weit geht das Conservatorium nicht.

FRAU VON CYPRESSENBURG *huldreich lächelnd.* Närrischer Mensch, — ich muß jetzt zur Toilette eilen, sonst überraschen mich die Gäste; du, Emma, begleite mich. — *Zu Titus.* Ich sehe Sie bald wieder.

TITUS *wie vom Gefühle hingerissen.* Oh, nur bald! *Thut als ob er über diese Worte vor sich selbst erschrocken wäre, faßt sich, verneigt sich tief und sagt im unterwürfigen Tone.* Nur bald ein Geschäft, wo ich meinen Diensteifer zeigen kann.

FRAU VON CYPRESSENBURG *im Abgehen.* Adieu! *Mit Emma zur Seitenthür links ab.*

Zwei und zwanzigster Auftritt.

TITUS *allein.*

TITUS. Gnädige! Gnädige! Ich sag' derweil nichts als — Gnädige. — Wie ein'm das g'spaßig vorkommt, wenn ein'm nie eine mögen hat, und man fangt auf einmal zum bezaubern an, das is nit zum sagen. Wann i denk' heut' vormittag und jetzt, das wird doch eine Veränderung seyn für einen Zeitraum von vier bis fünf Stund. Ja, die Zeit, das is halt der lange Schneiderg'sell, der in der Werkstatt der Ewigkeit alles zum Ändern kriegt. Manchsmal geht die Arbeit g'schwind, manchmal langsam; aber firtig wird's, da nutzt amal nix, g'ändert wird all's.

Lied.

's war einer von Eisen, hat wüthend getanzt,
Dann mit'n Gefrornen sich beim offnen Fenster aufg'pflanzt,
Is g'rennt und g'sprengt zu die Amouren in Carrier,
Spielt und trinkt' ganze Nächt', er weiß vom Bett gar nix mehr,
Nach zehn' Jahren is die Brust hektisch, homeopatisch der Mag'n,
Er muß im Juli flanellene Nachtleib'ln trag'n
Und extra ein'n wattirten Kaput, sonst war's z' kühl;
Ja, die Zeit ändert viel.

's hat einer a Braut; steckt den ganzen Tag dort,
Wenn die Dienstleut ins Bett schon woll'n, geht er erst fort;
Dannn bleibt er noch drunt, seufzt aufs Fenster in d' Höh'.
Erfrert sich die Nasen vom Dastehn im Schnee,

A halb's Jahr nach der Hochzeit rennt er ganze Täg' aus,
Kommt spät auf die Nacht, oder gar nit nach Haus;
Dann reist er nach Neapel, sie muß in die Brühl. —
Ja, die Zeit ändert viel.

A Sängerin hat g'sungen wie Sphärenharmonie,
Wann s' der Schnackerl hat g'stoßen, war's Feenmelodie.
Diese Stimm', das is was Unerhörtes gewest,
Aus Neid seyn die Nachtigall'n hinwor'n im Nest;
Silberglocken war'n rein alte Häfen gegen ihr;
Sechs Jahr' drauf kriegt ihr Stimm' a Schneid wie 's Plutzerbier.
Jetzt kraht s' nur dramatisch, frett't sich durch mit'n Spiel;
Ja, die Zeit ändert viel. —

Ah, das is a lieber Knab', artig und nett,
Und schön und bescheiden und gar so adrett,
Er is still, bis man'n fragt, nacher antwort't er drauf,
Wo man'n hinnimmt, da hebt man a Ehr' mit ihm auf;
's machen d' Herren und die Frauen mit dem Knab'n a Spectackel;
Nach zehn Jahren is der Knab a großmächtiger Lack'l,
A Löllaps, der keck in Alles dreinreden will;
Ja, die Zeit ändert viel.

A Schönheit hat dreizehn Partien ausg'schlagen,
Darunter waren achte mit Haus, Roß und Wagen,
Zwa Anbeter hab'n sich an ihr'm Fenster aufg'henkt,
Und drei hab'n sich draußen beim Schanzel dertränkt;
Vier hab'n sich beim Dritten Kaffeehaus erschossen,
Seitdem seyn a siebzehn Jahrl'n verflossen;
Jetzt schaut s' Keiner an, sie kann sich am Kopf stell'n wann s'
Ja, die Zeit ändert viel. —   will;

Hat einst einer über ein'n sein' Schöni was g'sagt,
Pumsti hat er a eiserne Ohrfeigen dafragt,
Nach der Klafter haben s' kämpft und gleich auf Tod und Leben;
Alle Damlang hat's blutige Fehde gegeben.
Jetzt nehmen die Liebhaber das nit a so,
Machen über ihr Schöni selbst scharfe Bonmots,
Für ihr'n Bierhauswitz nehmen s' d' Geliebte als Ziel.
Ja, die Zeit ändert viel. —

Durch die Seitenthür rechts ab.

Drei und zwanzigster Auftritt.

HERR VON PLATT. *Mehrere* HERREN *und* DAMEN *treten während dem Ritornell des folgenden Chores ein.*

Chor.

's ist nirgens so wie in dem Haus amüsant,
Denn hier sind die Karten und Würfel verbannt,
Bei Frau von Cypressenburg im Soirée,
Da huldigt den Musen man nur und dem Thee.

Während dem Chor haben Bediente einen großen gedeckten Theetisch gebracht und die Stühle gesetzt.

Vier und zwanzigster Auftritt.

FRAU VON CYPRESSENBURG, *dann* TITUS. VORIGE.

FRAU VON CYPRESSENBURG. Willkommen, meine Herren und Damen!

DIE GÄSTE. Wir waren so frei —

FRAU VON CYPRESSENBURG. Sie befinden sich allerseits?

DIE HERREN. Danke, ergebenst!

DIE DAMEN *untereinander.* Migräne, Kopfschmerz, Rheumatismus —

FRAU VON CYPRESSENBURG. Ist's nicht gefällig?

Alle setzen sich zum Thee.

TITUS *aus der Seitenthür rechts.* Ich komme vielleicht ungelegen —?

FRAU VON CYPRESSENBURG. Wie gerufen! *Ihn der Gesellschaft präsentirend.* Mein neuer Sekretair!

ALLE. Ah, freut mich!

FRAU VON CYPRESSENBURG *zu Titus.* Nehmen Sie Platz! *Titus setzt sich.*

FRAU VON CYPRESSENBURG. Dieser Herr wird Ihnen in der nächsten Soiree meine neuesten Memoiren vorlesen.

ALLE. Charmant!

HERR VON PLATT. Schade, daß die gnädige Frau nichts fürs Theater schreiben.

FRAU VON CYPRESSENBURG. Wer weiß, was geschieht; es kann seyn, daß ich mich nächstens versuche.

TITUS. Ich hör, es soll unendlich leicht seyn, es geht als wie g'schmiert.

HERR VON PLATT. Ich für mein Theil hätte eine Leidenschaft, eine Posse zu schreiben.

TITUS *zu Herrn von Platt.* Warum thun Sie's denn nicht?

HERR VON PLATT. Mein Witz ist nicht in der Verfassung, um etwas Lustiges damit zu verfassen.

TITUS. So schreiben Sie eine traurige Posse. Auf einem düsteren Stoff nimmt sich der matteste Witz noch recht gut aus, so wie auf einem schwarzen Sammt die matteste Stickerei noch effectuirt.

HERR VON PLATT. Aber was Trauriges kann man doch keine Posse heißen?

TITUS. Nein! Wenn in einem Stück drei G'spaß und sonst nichts als Todte, Sterbende, Verstorbene, Gräber und Todtengräber vorkommen, das heißt man jetzt ein Lebensbild.

HERR VON PLATT. Das hab ich noch nicht gewußt.

TITUS. Is auch eine ganz neue Erfindung, gehört in das Fach der Haus- und Wirthschaftspoesie.

FRAU VON CYPRESSENBURG. Also lieben Sie die Rührung nicht?

TITUS. O ja, aber nur, wenn sie einen würdigen Grund hat, und der find't sich nicht so häufig. Drum kommt auch eine große Seele langmächtig mit ein' Schnupftüchel aus, dagegen brauchen die kleinen, guten Ordinariseelerln a Dutzend Facinetteln in einer Komödie.

FRAU VON CYPRESSENBURG *zu ihrer Nachbarin.* Was sagen Sie zu meinem Sekretär?

Fünf und zwanzigster Auftritt.

VORIGE. FLORA.

FLORA *kommt weinend zur Mitte herein.* Euer Gnaden, ich bitt' um Verzeih'n, daß ich —

ALLE *erstaunt.* Die Gärtnerin!

TITUS *betroffen, beiseite.* Verdammt!

FLORA *zu Frau von Cypressenburg.* Ich kann's nicht glauben, daß Sie mich aus dem Dienst geben, ich hab' ja nichts gethan!

FRAU VON CYPRESSENBURG. Ich bin über die Gründe, die mich dazu veranlassen, keine Rechenschaft schuldig; übrigens —

FLORA. *Titus erblickend und erstaunt.* Was is denn das? Der hat blonde Haar!?

FRAU VON CYPRESSENBURG. Was gehen Sie die Haare meines Secretärs an? Hinaus!

Sechs und zwanzigster Auftritt.

VORIGE. CONSTANTIA. EMMA.

CONSTANTIA *tritt weinend mit Emma zur Mitte ein.* Nein, das kann nicht seyn.

EMMA. Ich habe Ihr gesagt, was die Mama befohlen.

CONSTANTIA. Ich bin des Dienstes entlassen?

ALLE *erstaunt sich zu Frau von Cypressenburg wendend.* Im Ernst?

CONSTANTIA. Euer Gnaden, das hätt' ich mir nicht gedacht; ohne Grund —

HERR VON PLATT. Was hat sie denn verbrochen?

CONSTANTIA. Die Haare des Herrn Secretärs sind schuld.

FRAU VON CYPRESSENBURG. Wie lächerlich! Das ist nicht der Grund — *zur Gesellschaft.* Übrigens, was sagen Sie zu der Närrin: sie behauptet, er wäre schwarz; nun frag' ich Sie, ist er blond oder nicht?

CONSTANTIA. Er ist schwarz.

FLORA. Das sag' ich auch; er ist schwarz.

Sieben und zwanzigster Auftritt.

VORIGE. MARQUIS.

MARQUIS *zur Mitte eintretend.* Und ich sage, er ist nicht schwarz und ist nicht blond.

ALLE. Was denn, Herr Friseur?

MARQUIS. Er ist roth.

ALLE *erstaunt.* Roth?

TITUS *für sich.* Jetzt nutzt nichts mehr! *Aufstehend und die blonde Perrücke mitten auf die Bühne werfend.* Ja, ich bin roth!

ALLE *erstaunt vom Theetisch aufstehend.* Was ist das?

FRAU VON CYPRESSENBURG. Fi donc!

CONSTANTIA *zu Titus.* Ach, wie abscheulich sieht Er aus!

FLORA *zu Titus.* Und die rothe Rub'n hat mich heirath'n woll'n?

FRAU VON CYPRESSENBURG *zu Titus.* Er ist ein Betrüger, der meine treuesten Diener bei mir verleumdete; fort, hinaus, oder meine Bediente sollen —

TITUS *zu Frau Cypressenburg.* Wozu? der Zorn überweibt Sie. — Ich gehe —

ALLE. Hinaus!

TITUS. Das ist Ottokars Glück und Ende! *Geht langsam mit gesenktem Haupte zur Mitte ab.*

Chor der Gesellschaft.

Nein, das ist wirklich der Müh' werth,
Hat man je so etwas gehört!

Frau von Cypressenburg affektirt eine Ohnmacht, unter allgemeiner Verwirrung fällt der Vorhang.

Ende des zweiten Aufzuges.

DRITTER AUFZUG

Die Decoration, wie am Anfange des zweiten Aufzuges, nämlich: Theil des Gartens mit der Gärtnerwohnung etc.

Erster Auftritt.

TITUS *allein, kommt melancholisch hinter dem Flügel des Schlosses hervor.*

TITUS. Das stolze Gebäude meiner Hoffnungen is assecuranzlos abbrennt, meine Glücksactien sind um hundert Prozent g'fall'n, und somit belauft sich mein Activstand wieder auf die rundeste aller Summen, nämlich auf Null. Kühn kann ich jetzt ausrufen: Welt, schicke deine Wälder über mich, Wälder, laßt eure Räuber los auf mich, und wer mich um einen Kreuzer ärmer macht, den will ich als ein Wesen höherer Natur verehren. — Halt !— Ich habe ja doch was profitirt bei der G'schicht: einen sehr guten Anzug hat mir das Schicksal gelassen; vielleicht nur als aushienzendes Souvenir an eine gestolperte und auf d' Nasen g'fall'ne Carriere. Also doch eine Ausbeute — dieser schwarze Frack —

Zweiter Auftritt.

TITUS. GEORG.

GEORG *welcher während den letzten Worten rasch hinter dem Schloß hervorgekommen ist, ihm in die Rede fallend.* Wird sammt Weste und Beinkleid aufs Schloß zurückgeschickt.

TITUS. Oh, lieber Abgeordneter, wissen Sie, daß Sie eine höchst unangenehme Sendung —?

GEORG. Nur keine Umständ' g'macht —

TITUS. Gesetzt, lieber Abgeordneter, ich wär' jetzt schon heidipritsch gewesen? —

GEORG. Oh, unser Wachter holt jeden Vagabunden ein.

TITUS. Oder gesetzt, lieber Abgeordneter, ich vergesset das Völkerrecht und schlaget Ihnen nieder und laufet davon, was würden —?

GEORG. Zu Hülf, zu Hülf'!

TITUS. Wegen was schrei'n S' denn? Ich frag' ja nur, und a Frag' is erlaubt.

GEORG *nach der Thüre der Gärtnerwohnung rufend.* Plutzerkern!

PLUTZERKERN *von innen.* Was gibt's?

GEORG *die Thür der Gärtnerwohnung öffnend und hineinsprechend.* Der wird da sein Vagabundeng'wand wieder anziehen und die honetten Kleider wieder dalassen.

PLUTZERKERN *von innen.* Schon recht.

TITUS *zu Georg.* Sie sind ein äußerst schmeichelhafter Mensch.

GEORG. Keine Komplimente. In einer Viertelstund' müssen die Kleider da, und Er muß wenigstens Gott weiß wo seyn; verstanden? *Geht ab hinter dem Schlosse.*

Dritter Auftritt.

TITUS *allein.*

TITUS. O ja, ich versteh' alles. Das Unglück hat mich heimgesucht, ich hab' die Visit im schwarzen Frack empfangen wollen, aber das Unglück sagt: Ich bin ja ein alter Bekannter, ziehen S' ein'n schlechten, zerriss'nen Rock an — machen S' keine Umständ' wegen mir.

PLUTZERKERN *von innen.* No, wird's werden?

TITUS. Komm' schon! komm' schon! *Ab in die Gärtnerwohnung.*

Vierter Auftritt.

SPUND. SALOME *von links auftretend.*

SALOME. Sie hab'n also g'wiß nix Übles vor mit ihm?

SPUND. Wann ich schon sag', nein, ich thu' ja nur das, was mir der Bräumeister g'sagt hat, denn das is der einzige Mann, der auf mich Einfluß hat.

5*

SALOME. Und was hat denn der g'sagt?

SPUND. Er hat g'sagt: »Das haben S' davon, weil S' Ihnen von Jugend auf net um ihn umg'schaut hab'n; jetzt geht er durch und macht der Familie vielleicht Schand und Spott in der Welt.« Drum bin ich ihm nach.

SALOME. Und woll'n ihn etwa gar einsperr'n lassen?

SPUND. Ich? Für mein Leben gern; aber der Bräumeister hat gesagt: »Das wär' auch eine Schmach für die Familie«.

SALOME. Ah, gengen S', auf'n leiblichen Vettern so bös —

SPUND. Oh, es kann einem ein leiblicher Vetter in der Seel' z'wider seyn, wenn er rothe Haar' hat.

SALOME. Is denn das ein Verbrechen?

SPUND. Rothe Haar' zeigen immer von ein'm fuchsigen Gemüth, von einem hinterlistigen — und dann verschandelt er ja die ganze Freundschaft; es seyn freilich schon alle todt bis auf mich, aber wie sie waren in unserer Familie, haben wir alle braune Haar' g'habt, lauter dunkle Köpf, kein lichter Kopf zu finden, so weit die Freundschaft reicht, und der Bub' untersteht sich, und kommt rothschädlet auf d' Welt.

SALOME. Deßtwegen soll man aber ein'n Verwandten net darben lassen, wenn man anders selber was hat.

SPUND. Was ich hab', verdank' ich bloß meinem Verstand.

SALOME. Und haben Sie wirklich was?

SPUND. Na, ich hoff'. Meine Aeltern hab'n mir keinen Kreuzer hinterlassen; ich war bloß auf meinen Verstand beschränkt, das is eine kuriose Beschränkung, das!

SALOME. Ich glaub's; aber —

SPUND. Da is nachher eine Godl g'storben, und hat mir zehntausend Gulden vermacht; denk' ich mir, wann jetzt noch a paar sterbeten von der Freundschaft, nachher könnt's es thun. Richtig! Vier Wochen drauf stirbt ein Vetter, vermacht mir 30 000 Gulden, den

nächsten Sommer kratzt ein Vetter am kalten Fieber ab, ich erb'
20000 Gulden; gleich den Winter drauf schnappt eine Mahm am
hitzigen Fieber auf und hinterlaßt mir 40000 Gulden; a paar
Jahre drauf noch eine Mahm, und dann wieder eine Godl, alles,
wie ich mir's denkt hab'; na, und dann in der Lotterie hab' ich
auch 18000 Gulden g'wonnen.

SALOME. Das auch noch?

SPUND. Ja, man muß net glauben, mit'm Erben allein is es schon
abgethan; man muß was andres auch versuchen; kurzum, ich kann
sagen: was ich hab', das hab' ich durch meinen Verstand.

SALOME. Na, so g'scheidt wird der Mussi Titus wohl auch seyn, daß
er Ihnen beerbt, wann S' einmal sterben.

SPUND. Mir hat einmal ein g'scheidter Mensch g'sagt: ich kann gar
net sterben — warum? hat er nicht g'sagt, das war offenbar nur
eine Schmeichelei; aber wenn es einmal der Fall is, so werd' ich
schon Leut' nach mein'm Gusto finden für mein Vermögen, ich
könnt' das nicht brauchen, daß mir a Rothkopfeter die Schand
anthät' und erweiset mir die letzte Ehr.

SALOME. Also thun Sie weder jetzt, noch nach Ihrem Tod was für
den armen Mussi Titus?

SPUND. Ich thu' das, was der Braumeister g'sagt hat; ich kauf' ihm
eine Offizin in der Stadt, das bin ich der verstorbenen Freundschaft schuldig; dann gib ich ihm a paar tausend Gulden, daß er
dasteht als ordentlicher Mann; dann sag' ich ihm noch a paar
Grobheiten wegen die rothen Haar', und dann därf er sich nicht
mehr vor mir blicken lassen.

SALOME *freudig*. Also machen S' ihn doch vermöglich und glücklich?

SPUND. Ich thu' das, was der Bräumeister g'sagt hat.

SALOME *traurig für sich*. Ich g'freu' mich drüber, und wann er nicht
mehr arm is, is er ja erst ganz für mich verlor'n. *Seufzend*. Mir hat
er jo nix wollen.

SPUND. Und als was is er denn im Schloß?

SALOME. Das weiß ich net, aber bordirt is er vom Kopf bis zum Fuß
voll goldene Borden.

SPUND. Das is Livrée! O Schandfleck meiner Familie! Der Neveu eines Bierversilberers voll goldene Borden! Ich parir', die ganze Freundschaft hat sich umkehrt im Grab; Scandal ohnegleichen! Führ' Sie mich g'schwind hinauf, ich beutl' ihn heraus aus der Livrée — nur g'schwind! Ich hab' keine Ruh', bis die Schmach getilgt is, und meine Freundschaft wieder daliegt im Grab, wie es sich g'hört.

SALOME. Aber lassen S' Ihnen nur sagen —

SPUND *äußerst agitirt.* Vorwärts, hab' ich g'sagt — Leuchter voran! *Treibt sie vor sich hinter dem Schlosse ab.*

Fünfter Auftritt.

FLORA, *dann* PLUTZERKERN.

FLORA *tritt von links auf.* He! Plutzerkern! Plutzerkern!

PLUTZERKERN *aus der Gärtnerwohnung kommend.* Was schaffen S'?

FLORA. Der Mensch ist doch schon fort, hoff ich?

PLUTZERKERN. Nein, er is noch nicht fertig.

FLORA. Er soll sich tummeln.

PLUTZERKERN *boshaft.* Wünschen Sie vielleicht ein Abschiedssouper in zweien, bei dem ich überflüssig bin?

FLORA. Dummkopf!

PLUTZERKERN. Ich hab' nur glaubt, weil Sie sich z' Mittag so um ihn g'rissen hab'n; jetzt wär' die Gelegenheit günstig, jetzt schnappt ihn Ihnen die Kammerfrau doch nit mehr weg.

FLORA. Halt' Er 's Maul und schick' Er ihn fort.

PLUTZERKERN *in die Gärtnerwohnung rufend.* Mach' der Herr einmal, daß er weiterkommt.

TITUS *von innen.* Gleich.

Sechster Auftritt.

VORIGE. TITUS.

TITUS *in seinem schlechten Anzug wie zu Anfang des Stückes, aus der Gärtnerwohnung kommend.* Bin schon da.

FLORA. Sehr gefehlt für einen Menschen, der schon fort seyn soll.

TITUS. Die Gärtnerin, die auch an meinem Haar ein Haar g'funden hat! Wollen Sie mir vielleicht gütigst was mitgeben auf'n Weg?

FLORA. Für die kecke Täuschung, die Er sich gegen mich erlaubt hat, was mitgeben? Ich will lieber nachschau'n, ob Er nichts mitg'nommen hat. *Geht, ihn verächtlich messend, in ihre Wohnung ab.*

TITUS *entrüstet.* Was!? —

PLUTZERKERN. Ja, ja, man kann nicht wissen; *ihn ebenfalls verächtlich messend.* Haariger Betrüger! *Geht in die Gärtnerwohnung ab.*

Siebenter Auftritt.

TITUS, *dann später* GEORG.

TITUS *allein.* Impertinentes Volk! — Das is wahr, recht liebreich behandeln ein'm d' Leut, wenn ein'm der Faden ausgeht. Im Grund hab' ich's verdient, ich hab' mich auch nicht sehr liebreich benommen, wie ich obenauf war. — Lassen wir das; es wird Abend, in jeder Hinsicht Abend; die Sonne meines Glücks und die wirkliche Sonne sind beide untergegangen im Occident — wohin sich jetzt wenden, daß man ohne Kreuzer Geld ein Nachtquartier find't — das ist die schwierige occidentalische Frage. — *Das Schloß und die Gärtnerwohnung betrachtend.* Zimmer gäbet's da g'nug, aber ich schein' eine Kost zu seyn, die der Magen dieser Zimmer nicht vertragt.

GEORG *kommt hinter dem Schlosse hervor und tritt Titus mit einem sehr artigen Komplimente entgegen.* Herr von Titus?

TITUS *über diese Höflichkeit frappirt.* Ich bitt' mir's aus, mich nicht für einen Narren z' halten.

GEORG. Ich weiß recht gut, für was ich Ihnen zu halten hab'; *beiseite.* ich darf's aber net sagen. *Laut.* Sie möchten aufs Schloß kommen.

TITUS *erstaunt.* Ich!?

GEORG. Zu der Kammerfrau.

TITUS. Ich? Zu der Madam Constantia?

GEORG. Dann vielleicht auch zu der gnädigen Frau; aber nicht
gleich, erst in einer halben Stund'; Sie können derweil da im
Garten spazier'n gehn.

TITUS *für sich.* Unbegreiflich! — aber ich thu's. — *Zu Georg.* Ich
werd' warten und dann erscheinen, wie befohlen. Wollten Sie
aber nicht die Güte haben, dort — *nach links deutend.* sind Garten-
leute — und ihnen sagen, daß ich mit herrschaftlicher Erlaubniß
hier promenire, denn nach dem Sprichwort: »Undank is der Welt
Lohn« hab' ich Grund zu vermuthen, daß sie für das, daß ich s'
heut' tractirt hab', jetzt Hinauswerfungsversuche an mir tenti-
reten.

GEORG. Oh, ich bitt', Herr von Titus, das werden wir gleich machen. *Geht, sich artig verneigend, ab.*

Achter Auftritt.

TITUS *allein.*

TITUS. Ich reim' mir das Ding schon zusamm'n: die Gnädige wird
in einem Anfall von Gnad' in sich gegangen seyn, eing'sehen
haben, daß sie mich als armen Teufel zu hart behandelt hat, und
ruckt jetzt zum Finale mit einer Wegzehrung heraus. — Halt! *Von
einer Idee ergriffen.* um diesen Zweck noch sicherer zu erreichen, er-
weis' ich ihr jetzt eine zarte Aufmerksamkeit; — *in die Tasche
greifend.* ich hab' ja da noch — sie kann die rothen Haare net leiden — ich hab' da die graue Perrücken vom einstmaligen Gartner
im Sack, *zieht sie hervor.* mit der mach' ich jetzt meine Abschiedsvisite, dann laßt s' g'wiß was springen. Ich probier's jetzt mit der
grauen. Schwarze und blonde Haar' changiren sehr bald die Farb',
so hat auch für mich bei beiden nur eine kurze Herrlichkeit heraus-
g'schaut; die grauen Haare ändern sich nicht mehr, vielleicht
mach' ich mit die grauen ein dauerhaftes Glück. *Geht links im
Vordergrund ab.*

Neunter Auftritt.

FLORA. PLUTZERKERN.

FLORA *noch von innen.* Hab' ich's aber nicht g'sagt, daß wir so was erleben? *Kommt ärgerlich aus ihrer Wohnung.* Oh, ich kenn', meine Leut'. *Zu Plutzerkern.* Du laufst ihm nach.

PLUTZERKERN. Es is aber nicht der Müh' wert.

FLORA. Er hat die Perrücken von mein'm seligen Mann g'stohlen, die is für mich unschätzbar, wann ich mich kapricire.

PLUTZERKERN. Hören S' auf, 's sein Schaben drin.

FLORA. Du laufst ihm nach und entreißt ihm den Raub. —

PLUTZERKERN. Da kriegt er keine zwei Groschen dafür.

FLORA. Nachlaufen, hab' ich g'sagt, g'schwind!

PLUTZERKERN *indem er langsam hinter der Gärtnerwohnung abgeht.* Ich werd' schau'n, daß ich ihn einhol', glaub' aber net. *Ab.*

Zehnter Auftritt.

FLORA, *dann* GEORG.

FLORA *sehr ärgerlich.* Ewig schad', daß's schon Abend is; jetzt hat der Wachter schon sein'n Rausch, sonst ließ' ich ihn einsperren, den impertinenten Ding, der sollt' denken an mich.

GEORG *aus dem Vordergrund links auftretend.* Was is denn, Frau Gärtnerin, warum denn so im Zorn?

FLORA. Ach, weg'n dem herg'loff'nen Filou.

GEORG. Pst! Halt! Ehre dem Ehre gebührt, ich hab' ihn früher auch einen Vagabunden g'heißen, aber er hat einen steinreichen Herrn Onkel, der is ankommen, nimmt sich an um ihn, kauft ihm in der Stadt die erste Offizin, denn er is ein studierter Balbirer, dann schenkt er ihm viele tausend und tausend Gulden.

FLORA *äußerst erstaunt und betroffen.* Hör'n Sie auf! —

GEORG. Wie ich Ihnen sag'; — ich hab' ihn grad aufs Schloß
b'stell'n müssen, den Mussi Titus, er därf noch nix wissen, aber
»Herr von« hab' ich doch zu ihm g'sagt, denn Ehre dem Ehre gebührt. *Geht hinter dem Schlosse ab.*

Eilfter Auftritt.

FLORA, *dann* TITUS, *dann* SALOME.

FLORA *allein.* Diese Nachricht is auf Krämpf' herg'richt't, und ich
hab' den Menschen so grob behandelt. Jetzt heißt's umstecken
und alles dransetzen, daß ich Frau Balbiererin werd'; es wär' ja
nur auf'm Land ein Malheur, in der Stadt kann man's schon aus-
halten mit ein'm rothkopfeten Mann. Dort kommt er; *nach links
sehend.* Ich will mich stellen, als ob's mich reuet. — Was stellen!
ich bin ja wirklich vor Reue ganz außer mir.

Quodlibet-Terzett.

FLORA. Titus! Titus!

TITUS *aus dem Hintergrunde links.* Die Gartn'rin rufet mich zu sich.

FLORA. Ach, Herr Titus, hören S' mich;

TITUS. D'Gartnerin rufet mich zu sich?

FLORA. Ach, Herr Titus, hören S' mich;
's laßt mir keine Rast und keine Ruh'.

TITUS. Was S' z' sag'n hab'n, reden S', ich hör' zu.

FLORA. Bereuen kann man nie zu fruh.

TITUS. Der Abschied, hör'n Sie, war schmafu.

FLORA. s' laßt mir kein' Rast und keine Ruh'.

TITUS. Was S' z' sag'n hab'n, red'n S', ich hör' zu.

} *zugleich*

FLORA. Bereuen kann man nie zu fruh.

TITUS. Der Abschied, hören Sie, war schmafu.

} *zugleich*

FLORA. Bereuen kann man, nein, das kann man nie zu
                                             fruh.

zugleich

TITUS. Der Abschied, hör'n Sie, der war wirklich sehr
                                           schmafu.

FLORA. Thun Sie nicht von mir sich wenden,
Und mir Hasses Blicke senden;
Nicht vertrag' ich's.

TITUS. Na, was is denn?

FLORA. Ich vergehe. —

TITUS. Versteht si.

FLORA. Weh' mir!

TITUS. Wird man von solchen Leuten
Malträtiert, das greift ans Herz;
Fern von eurem flachen Lande
Schließ' ich andre Liebesbande;
In d' Schweiz zieht der Verkannte;
Dort heilt a Kuhdirn den tief'n Schmerz.

FLORA. Meiner Gall' war ich früher nicht Meister,
Vergeben Sie und sein Sie nicht hart;
Es rächen sich doch große Geister
Ja immer nur auf edle Art.

TITUS. Es tobet in mir Rache,
Wie die Ehre, wie die Liebe sie fordert —

FLORA. Willst du schon wieder gehn?

TITUS. Ja, ich will gehn und
Nie deinen Tempel sehn.

FLORA. Ach, du kannst nicht begreifen, nicht fühlen,
Welche Qualen die Brust mir durchwühlen,

zugleich

TITUS. Daß ich so g'schwind Lieb konnt erwecken,
da muß was dahinter stecken,

FLORA. Diese Flammen, die nie mehr zu kühlen,
        Wenn von Reue das Herz mir bricht . . .

TITUS. In eins, ich sag, beym Becken
        Kriegt man d' Semmeln, mich aber nicht

zugleich

FLORA. Ja, dich nenn' ich mein teures Leben,
        Dich mein einziges, glühendes Streben;
        Ja, dich nenn' ich mein teures Leben,
        Dich mein einziges, glühendes Streben;

TITUS. 's nutzt nix die G'schicht
        Bitt fort a Jahrl,
        Mich erreichst nicht,
        Wir wern kein Paarl.

zugleich

FLORA. Willst du grausam mir nimmer vergeben,
        Erwidern die Thränen mit Hohn,
        Willst du grausam mir nimmer vergeben,
        Erwidern nur Hohn —

TITUS. S' is umsonst
        Hast nix davon,
        Nein, es is umsonst die G'schicht
        Hast nix davon,

zugleich

FLORA. — und Spott

TITUS. radara . . .

zugleich

SALOME *kommt.* Ich hab' wahrlich keinen Grund,
        Ein lustig's G'sicht zu machen,
        Und doch öffnet sich mein Mund,
        Herzlich jetzt zum Lachen.
        Wie der dicke Herr im Schloß
        Sich benimmt, is g'spaßi,
        Da hat er's gegeb'n ganz groß.
        Droben is er dasi.
        Da hat er's gegeb'n ganz groß,
        Droben is er dasi. — Hahaha!

SALOME. Was is das? — jetzt bey der?
Das g'hört auch zum Malör,
Daß ich grad dazu muß kommen,
Doch ich hab mir vorgenommen,
Mir es aus dem Sinn zu schlagen,
's soll nicht seyn,
Nein, 's soll nicht seyn.

FLORA. Was will denn die da?
Titus! Grob derfens jetzt nicht seyn,
wir sind nicht mehr allein.
Ha, mir wieder zu erringen,
Was ich verlor — was ich verlor, und
Was mein Glück allein, ja
Was mein Glück allein, allein.

TITUS. D' Salome
Soll die mich hier als Flegel sehen,
Wenigstens zum Schein
Will ich all's verzeihn.
Schwerlich werden's mich erringen,
Denn wohlgemerkt —
Ich hab' nur gesagt zum Schein,
Nur g'sagt zum Schein, zum Schein.

Flora,
Salome
und
Titus
zugleich

TITUS. Ach, sie im Netz zu sehen,
Ach, ich muß es gestehen,
Ja, leicht wär' es geschehen,
Doch nein, nein, nein, ich will das nicht,
Die Liebe dideidldidum,
Erfüllet dideidldidum,
Mich gar nicht dumdidldidum,
Für sie durchaus nein,
Ach sie im Netz zu sehen,
Ich muß es gestehen,
Leicht wär' es geschen,
Doch nein! ihrer Liebe Sehnen
Still beglückt zu krönen
Darf ich nicht entbrennen, nein!

FLORA, SALOME, TITUS. Man schmeichelt sich mit Hoffnung oft,
Zu Wasser wird das, was man hofft.

FLORA. Bei mir soll's nicht zu Wasser wer'n
      Das Glück hat halt die Witwen gern.

SALOME, TITUS. Warum soll's nicht zu Wasser wer'n?
         Das Glück, das foppt uns halt so gern.

} *zugleich*

FLORA. SALOME, TITUS. Wenn man glaubt, man hat das Glück
             Schon sicher in sein' Haus
             Husch, husch, husch, im Augenblick
             Beim Fenster rutscht's hinaus.
             Man schmeichelt sich mit Hoffnung oft,
             Zu Wasser wird das, was man hofft.

FLORA. Bei mir soll's nicht zu Wasser wer'n,
      Das Glück hat mich zu gern.

SALOME, TITUS. Warum soll's nicht zu Wasser wer'n,
         Das Schicksal foppt uns gern.

} *zugleich*

SALOME. Mein Bruder, der Jodl, singt so:
      Ja, mit die Madln da is richti, richti, richti,
      Allemal a rechter G'spaß,
      Thun s' vor'n Leuten noch so schüchti, schüchti, schüchti,
      Was man z' denken hat, man waß's,
      Und ich bin a schöner Kerl, Kerl, Kerl,
      G'wachsen wie a Pfeifenröhrl, -röhrl, -röhrl,
      Unter den Männern schon die Perl, Perl, Perl,
      Drüber laßt sich gar nix sag'n,
      Ich hab' Rosomi im Schädel, Schädel, Schädel,
      Darum bin i stolz und bettel', bettel', bettel',
      Nit erst lang um so a Mädl, Mädl, Mädl,
      Obs d' nit doni gehst von Wag'n, von Wag'n, von Wag'n,
      Obs d' nit doni gehst vom Wag'n.

FLORA, SALOME, TITUS. Bald wird's anders werden,
            Couragiert auf den Weg,
            Der zum Ziel uns führt,
            Fortmaschiert, so lang, bis 's besser wird.
            's Glück is rund,
            Darum geht's auf der Welt so bunt,
            Ohne Grund
            Liegt man g'schwind öfters drunt.

FLORA, SALOME. Wir sein nix als —

TITUS. Wir sein nix als — wir sein nix als —

FLORA, SALOME. Narren des Schicksals,

TITUS. Narren des Schicksals, Narren des Schicksals,

FLORA, SALOME. Wenn man sich all's —

TITUS. Wenn man sich all's, wenn man sich all's —

FLORA, SALOME, TITUS. Gleich zu Herzen,
      Wenn man sich alles z' Herzen nimmt,
      Wenn nur frohe Hoffnung glimmt,
      Endigt alles gut bestimmt.

FLORA, SALOME. 's laßt sich dagegen nix sag'n
      Mit ein'm ordnlichen Mag'n —

TITUS. Mit ein'm ordnlichen Mag'n
FLORA, SALOME, TITUS. Man kann alles ertrag'n,
      Kann man alles ertrag'n.

Flora rechts, Titus hinter dem Schloß und Salome links gegen den Hintergrund ab.

Verwandlung.

Gartensaal im Schlosse mit Bogen und Glasthüren im Hintergrunde, welche die Aussicht auf eine Terrasse und den mondbeleuchteten Garten eröffnen, rechts und links eine Seitenthür. Lichter auf den Tischen zu beiden Seiten.

Zwölfter Auftritt.

CONSTANTIA *allein, aus der Seitenthüre rechts.*

CONSTANTIA. Wer hätte dem Friseur das zugetraut, mit einem stolz hingeworfenen: »Adieu, Madame!« hat er sich für immer losgesagt von mir. Ein gewöhnliche Witwe könnte das außer Fassung bringen, mich, Gott sei Dank, kostet es nur einen Blick, und ein anderer Bräutigam, Monsieur Titus, liegt zu meinen Füßen. Wenn nur die gnädige Frau, die sich so gütig der Sache annimmt, den alten Spießbürger schon herumgekriegt hätte, daß er Titus als seinen Erben erklärt.

Dreizehnter Auftritt.

VORIGE. FRAU VON CYPRESSENBURG.

FRAU VON CYPRESSENBURG *aus der Seitenthür links kommend.* Constanze. —

CONSTANTIA *ihr entgegeneilend.* Euer Gnaden! —

FRAU VON CYPRESSENBURG. Es geht nicht.

CONSTANTIA. Wär's möglich?

FRAU VON CYPRESSENBURG. Ich habe mich eine halbe Stunde abgequält mit dem Manne, aber seine lederne Seele ist undurchdringlich für den Thau der Beredtsamkeit. Er will ihn etabliren, weiter nichts, auf Erbschaft hat er keine Hoffnung.

CONSTANTIA. Hm! Sehr fatal. Ich glaubte, es würde so leicht gehen, habe schon den Notarius Falk, der heraußen seine Sommerwohnung hat, rufen lassen. — Versuchen wir es noch einmal, gnädige Frau, setzen wir ihm beide zu.

FRAU VON CYPRESSENBURG. Wenn du glaubst; ich habe dich heute aus Übereilung sehr ungerecht behandelt, und will das durch wahre mütterliche Sorgfalt wieder gutmachen.

CONSTANTIA *ihr die Hand küssend.* Sie sind so überaus gnädig —

FRAU VON CYPRESSENBURG *indem sie, von Constantia begleitet, in die Seitenthür links abgeht.* Ich habe aber wenig Hoffnung; es müßte nur seyn, daß das Wiedersehen seines Neffen —

CONSTANTIA. Der muß jeden Augenblick hier seyn. *Beide in die Seitenthür links ab.*

Vierzehnter Auftritt.

KONRAD *führt* TITUS, *welcher die graue Perrücke auf hat, durch die Glasthür von der Terrasse in den Saal.*

Titus *im Eintreten.* Aber, so sag' Er mir nur —

KONRAD. Ich darf nix sag'n. *Ihn erstaunt anklotzend.* Aber was is denn das? Sie haben ja eine graue Perrücken auf.

TITUS. Geht Ihm das was an? Ich bin herb'stellt; meld' Er mich
und damit Punktum.

KONRAD. Na gleich, gleich! *Geht in die Seitenthür links ab.*

Fünfzehnter Auftritt.

TITUS *allein, später* KONRAD *zurück.*

TITUS *allein, aufs Herz deutend.* Es wird mir a bißl an'n Stich da geben,
wenn ich die Constantia sehe; ach, nur dran denken, wie sie g'sagt
hat: »Gott, wie abscheulich sieht er aus!« So eine Erinnerung is
ein Universalmittel gegen alte Bremsler. Sie soll Kammerfrau
bleiben, wo sie will, meine Herzenskammern die bezieht sie nicht
mehr, die verlaß ich an einen ledigen Jungg'sellen und der heißt
»Weiberhaß!«

KONRAD *tritt ein.*

TITUS *zu ihm.* Hat Er mich angemeldet?

KONRAD. Nein, die gnädige Frau diskurirt, und da darf man sie
nicht unterbrechen.

TITUS. Aber ich bin ja —

KONRAD. Keine Ungeduld; wart' der Herr da, oder — *nach rechts
deutend.* in dem Zimmer drin. In einiger Zeit werd' ich sehn, ob es
Zeit seyn wird, Ihn zu melden. *Rechts ab.*

Sechzehnter Auftritt.

TITUS *allein.*

TITUS. Fahr ab, du bordirte Befehlerfüllungs-Maschine. Das is auch
einer aus der g'wissen Sammlung. — Das Leben hat eine Sammlung von Erscheinungen, die wahrscheinlich von sehr hohen
Wert sind, weil sie den Ungenügsamsten zu der genügsamen
Aeußerung hinreißen »Da hab' i schon g'nur.«

Lied.

's kommt ein'm einer ins Zimmer,
Man fragt, was er will?
»Ich bitt' um Unterstützung, hab' Unglück g'habt viel;

Such' Beschäftigung, doch 's is alles b'setzt überall,
Ich bin kränklich, war jetzt erst zehn Wochen im Spital«;
Dabei riecht er von Branntwein in aller Fruh',
Da hab' ich schon g'nur.

»Die G'schicht wird mir z' auffallend schon«, schreit der Mann,
»Ich weiß nicht, was d' hast«, lispelt d' Frau, »hör nur an,
Daß der Mensch mir so viel zarte Achtung erweist,
Das g'schicht aus Bewunderung nur für meinen Geist,
Das ‚was du für Liebe hältst, ist Freundschaft nur«,
Na, da hab' i schon g'nur. —

A Madl hat ein' Burnus mit kirschrote Quasten;
I parir', sie hat batistene Wäsch in ihr'm Kasten,
's Kleid is von Asfalt, nach dem neuesten Schnitt;
Drauf kommt s' zu ein'n Lackerl, drüber macht s' ein'n Schritt,
Bei der Gelegenheit da geht ihr der Rock etwas vur,
Na, da hab' i schon g'nur. —

I vergaff' mi in a Madl, ganz einfach gekleid't,
Ich begehr's von die Aeltern, war'n recht rare Leut;
Sie sag'n gleich: Da hab'n Sie's, kann Hochzeit seyn morgen,
Nur müssen Sie uns auch, als d' Aeltern versorgen;
Die elf G'schwistert, die brauchen S' ins Haus z' nehmen nur,
Na, da hab' i schon g'nur.

Vor mir reden zwei Fräuleins, war a g'spaßig's Gewäsch,
I hör': »Oui« und »peut-etre« — s' war richtig Französch:
»Aller vous o jourd'hui au Theater — Marie?«
»Nous allons«, sagt die andre: »Au quatriene Gallerie,
Jai, aller avec Mama au Theatre toujour«,
Da hab' i schon g'nur.

»Ich geh zum Theater!« hat mir einer g'sagt.
»Als was woll'n S' denn 's erstemal spiel'n?« hab i g'fragt.
»Ich spiel gleich den Hamlet, denn ich bin ein Genie.
Gib dann den Don Carlos als zweites Debut.
So wie ich hab'n sie kein' in der Burg, gar ka Spur!« —
Na, da hab ich schon g'nur, na, da hab ich schon g'nur!

Zur Seitenthür links ab.

Siebenzehnter Auftritt.

FRAU VON CYPRESSENBURG. CONSTANTIA, *dann* TITUS.

FRAU VON CYPRESSENBURG. Wo er nur so lange bleibt?

CONSTANTIA. Georg, sagt' mir doch —

TITUS *aus der Seitenthür rechts.* Meinen Euer Gnaden mich?

FRAU VON CYPRESSENBURG. Ah, da sind Sie ja. — Sie werden staunen.

CONSTANTIA *mit Verwunderung Titus graue Perrücke bemerkend und Frau von Cypressenburg darauf aufmerksam machend.* Gnädige Frau! sehen Sie doch —

FRAU VON CYPRESSENBURG. Was is denn das?

TITUS *auf seine Perrücke deutend.* Diese alte Katherl war die einzige, deren ich mich bemächtigen konnte; ich benütze sie, um die, Ihr Nervensystem verletzende, Couleur zu verdecken.

FRAU VON CYPRESSENBURG. Hm, so arg ist es nicht, ich bin nur manchmal so kindisch.

TITUS. Kindisch? Diese Eigenschaft sieht Ihnen der schärfste Menschenkenner nicht an.

CONSTANTIA. Rothe Haare stehen im Grunde so übel nicht.

TITUS *erstaunt.* Das sagen Sie, die doch —?

FRAU VON CYPRESSENBURG. Jetzt legen Sie aber schnell die Perrücke ab, denn es wird Jemand —

CONSTANTIA *Spund bemerkend, welcher bereits aus der Seitenthür links getreten ist.* Zu spät, da ist er schon.

FRAU VON CYPRESSENBURG *zu Spund.* Hier Ihr Neffe, Herr Spund. *Geht in die Seitenthür links ab.*

CONSTANTIA *für sich.* Jetzt mag er sehen, wie er mit ihm zurecht kommt. *Folgt der Frau von Cypressenburg.*

6*

Achtzehnter Auftritt.

Titus. Spund. *Später* Konrad.

Titus *erstaunt.* Der Herr Vetter?! — Wie kommen denn Sie daher?

Spund. Auf eine honnettere Art als du. Durchgehen is nicht meine Sach!

Titus. Ja, freilich, wenn man einmal Ihre Dicken hat, dann geht man nicht leicht wo durch.

Spund. Du Makel der Familie du. *Kommt näher auf ihn zu, und erblickt mit Staunen die grauen Haare.* Was is denn das!? Graue Haare? —

Titus *für sich, betroffen.* Ui je! —

Spund. Du bist ja rothkopfet?

Titus *sich schnell fassend.* Ich war es.

Spund. Und jetzt? —

Titus. Jetzt bin ich grau.

Spund. Das is ja nicht möglich —

Titus. Wirklichkeit is immer das schönste Zeugnis für die Möglichkeit.

Spund. Du bist ja erst sechsundzwanzig Jahr'?

Titus. Ich war es gestern noch; aber der Kummer, die Kränkung, daß ich verlassen von meinem einzigen leiblichen Herrn Vettern als hülfloser Durchgänger in die Welt hab' müssen, hat mich um ein Jahrtausend älter gemacht; ich bin über Nacht grau geworden.

Spund *verblüfft.* Über Nacht?

Titus. Schlag Sieben bin ich fort von z' Haus, drei Viertelstund später schau' ich mich in den Spiegel der Unglücklichen, ins Wasser hinein, da war mir, als wenn meine Haar so g'wiß g'sprengelt wären. Ich schieb' das auf die Dämmerung, wähle den Linigraben zur Untertuchet, deck' mich mit die Nachtnebel zu, schlaf' ein; — Schlag Mitternacht wecken mich zwei Frösch' auf, die auf meinem Halstüchel zu disputiren anfangen, da gibt mir ein Anfall von Desperation den klugen Einfall, mir einige Hände voll Haare ausz'reißen, sie waren grau; — ich schieb' das auf den Silbersichelreflex der Mondenscheibe, schlaf' weiter. Auf einmal scheucht mich ein ungeheures Milliweiberg'schnatter auf aus dem tiefsten Linigrabenschlummer — es war heller Morgen, und neben mir macht grad ein Rastelbinder Toilett, er schaut sich in einem Glasscherben, der vielleicht einst Spiegel war, ich thu' desgleichen, und ein eisgrauer Kopf, den ich nur an dem beigefügten Gesicht für den meinigen erkenne, starrt mir entgegen.

SPUND. Das wär' ja unerhört!

TITUS. Oh, nein, die Geschichte spricht dafür. Da war zum Beispiel ein gewisser Belisar, von dem haben S' g'wiß g'hört?

SPUND. Belisar? War das nit ein Bierversilberer?

TITUS. Nein, er war römischer Feldherr. Den hat seine Frau durch'n Senat d' Augen auskratzen lassen.

SPUND. Das thun sonst d' Weiber selber.

TITUS. Die hat aber den Codex Justinianus z' Hülf' g'nommen. Das nimmt sich der Mann zu Herzen, und in dreimal vierundzwanzig Stund' is er grau. Jetzt denken Sie, Herr Vetter, das, wozu ein römischer Feldherr drei Täg' hat braucht, das hab' ich über Nacht geleistet, und Sie Herr Vetter, sind der Grund dieser welthistorischen Begebenheit.

SPUND *sehr ergriffen.* Titus, Bub, Blutsverwandter — ich weiß gar nit, wie mir g'schieht — ich bin der Vetter einer welthistorischen Begebenheit! — *schluchzend.* Neunzehn Jahre hab' ich net g'weint, und jetzt kommt das Ding völlig Schußweis. *Trocknet sich die Augen.*

TITUS. Is gut, wenn das alte Bier herauskommt.

SPUND *die Arme ausbreitend.* Geh her, du eisgrauer Bub! *Umarmt ihn.*

TITUS *ihn ebenfalls umarmend.* Vetter Spund! — *Prallt plötzlich heftig aus seinen Armen zurück.*

SPUND *darüber erstaunt.* Was springst denn weg, als wie ein hölzerner Reif?

TITUS *für sich.* Bei ein'm Haar hätt' er mich beim Zopfen erwischt. *Laut.* Sie hab'n mich so druckt, mit Ihr'm Ring, glaub' ich.

SPUND. Sey nicht so haiklich; her da an das Vetterherz! *Umarmt ihn derb.*

TITUS *hält während der Umarmung mit der rechten Hand seinen Zopf in die Höhe, damit er Spund nicht in die Hände kommt.*

SPUND *ihn loslassend.* So! — Übrigens, daß ich dich nicht mehr druck' mit dem Ring — *zieht einen dicken Siegelring etwas mühsam vom Finger.*

TITUS *während dem beiseite.* Wenn der den Zopfen sieht, so is's aus; denn das glaubet er mir doch nicht, daß mir aus Kränkung ein Zopfen g'wachsen is.

SPUND *ihm den Ring gebend.* Da hast d'ihn. Du mußt wissen, daß ich da bin, um dich als g'machten Mann in die Stadt zuruckz'führen, daß ich dir eine prächtige Offizin kauf' — daß ich —

TITUS *freudig.* Herr Vetter! —

SPUND. Aber wie du ausschaust, der Rock — ich muß dich der gnädigen Frau vorstellen als meinigen Verwandten, und dann is noch wer drin —

TITUS *erschrocken.* Etwan der Friseur? —

SPUND. Friseur? *Lacht mit tölpischer Schalkhaftigkeit.* Du Bub du, stell dich net so; ich hab' schlechte Augen, aber der Person hab' ich's recht gut ang'sehn, auf was es abg'sehn is. Wenn nur der Rock —

KONRAD *tritt aus der Seitenthür rechts und will zur Mitte ab.*

SPUND *zu Konrad.* Oh, Sie, seyn S' so gut, hab'n S' keine Bürsten?

KONRAD. A Bürsten? Ich glaub'. *Sich an die Tasche fühlend.* Richtig, ich hab' s' da im Sack bei mir. *Gibt Spund die Bürste.*

SPUND. So, geben S' her; können schon wieder gehn. *Konrad zur Mitte ab.*

SPUND *zu Titus.* Jetzt geh her, daß ich dich a Bissel sauber mach'. —

TITUS *betroffen.* Was wollen S' denn?

SPUND. Drah dich um —

TITUS *in großer Verlegenheit.* Sie wer'n doch als Herr Vetter nicht Kleiderputzersdienst' an dem Neffen üben?

SPUND. Ich bedien' nicht den Neffen, ich bürst' einer Naturerscheinung den Rock aus, ich kehr' den Staub ab von einer welthistorischen Begebenheit, das entehrt selbst den Bierversilberer net. Drah dich um!

TITUS *in größter Verlegenheit, für sich.* Gott, wann der den Zopfen sieht! — *Laut.* Fangen S' vorn an.

SPUND. Is a recht. *Bürstet an Titus Kleidern.*

TITUS *in höchster Angst, für sich.* Schicksal, gib mir eine Scher', oder ich renn' mir ein Messer in den Leib!

SPUND *etwas tiefer bürstend.* Schrecklich, wie sich der Bub zug'richt' hat.

TITUS *für sich.* Is denn keine Rettung, es muß blitzen. *Blickt nach der ihm gegenüberstehenden Seitenthür links, welche sich etwas öffnet und aus welcher nur Constantiens Arm mit einer Schere in der Hand sichtbar wird.* Ha! Da blitzt ein blanker Stahl in meine Augen; die Himmlische zeigt mir eine englische Scher'! —

SPUND. Drah dich um, sag' ich!

TITUS. Da stell'n wir uns herüber. *Geht, ohne seine Rückseite gegen Spund zu wenden, auf die linke Seite der Bühne, so, daß er mit dem Rücken nahe an der Seitenthür links zu stehen kommt.* Da is die wahre Lichten. *Langt zurück und nimmt aus Constantiens Hand die Schere.*

SPUND. So drah dich um!

TITUS. Nein, jetzt werden S' vorn noch a Menge Staub bemerken. *Während Spund noch an den Vorderklappen des Rockes bürstet, schneidet er sich rasch den Zopf ab.*

SPUND. Nicht wahr is; jetzt umdrahn amal. *Wendet ihn herum.*

TITUS *zieht während dieser Wendung den abgeschnittenen Zopf mit der linken Hand vorne über den Kopf herab, so, daß Spund, welcher den Rücken des Rockes ausbürstet, nichts bemerken kann — für sich.* Habe Dank, Schicksal, die Amputation is glücklich vorüber.

SPUND *indem er bald aufhört zu bürsten.* Schau, Titus, du bist a guter Kerl, du hast dich g'kränkt um einen hartherzigen Vettern, und warum war ich hartherzig? weil du rothe Haar hast g'habt; die hast aber jetzt nicht mehr, es is also kein Grund mehr vorhanden, ich kann jetzt net anders, ich muß weichherzig wer'n. Du bist mein einziger Verwandter, du bist, — mit einem Wort, du bist so viel als mein Sohn, du bist mein Universalerb'.

TITUS *erstaunt.* Was!?

Neunzehnter Auftritt.

VORIGE. FRAU VON CYPRESSENBURG. NOTARIUS Falk. CONSTANTIA.

FRAU VON CYPRESSENBURG. Universalerbe, das is das rechte Wort, welches wir von Ihrem Herzen erwartet haben.

CONSTANTIA. Wir haben auch gar nicht daran gezweifelt, und zufällig ist der Herr Notarius da, welcher derlei Urkunden immer in Bereitschaft hat.

SPUND. Nur her damit.

NOTARIUS *zieht eine Schrift hervor, und detaillirt Spund im stillen die Hauptpunkte derselben.*

TITUS *für sich, mit Beziehung auf Constantia.* Das geht ja über Hals und Kopf; die betreibt ja meine Erbschaft viel eifriger als ich selber.

FRAU VON CYPRESSENBURG *zu Titus.* Sehen Sie, wie das gute Geschöpf *auf Constantia deutend.* für Ihr Bestes sorgt. Ich weiß alles und willige gern in den Bund, den Liebe schloß, und Dankbarkeit befestigen wird.

TITUS *verneigt sich stumm.*

SPUND *zum Notarius.* Schön, alles in bester Ordnung. *Man führt Spund zum Tische, worauf Schreibzeug steht, und er setzt sich zum Unterschreiben.*

TITUS *für sich.* Daß er mir ein Gewerb kauft, das kann ich annehmen, er is mein Blutsverwandter; aber durch einen Betrug sein Universalerb' wer'n, das mag ich doch nicht. *Laut zu Spund, welcher eben die Urkunde unterzeichnen will.* Halt, Herr Vetter! erlauben S' —

SPUND. Na? bist etwan noch nicht z'frieden?

Zwanzigster Auftritt.

VORIGE. FLORA *zur Mitte eintretend.*

FLORA. Gnädige Frau, ich komm' —

FRAU VON CYPRESSENBURG. Zur ungelegenen Zeit.

FLORA. Um Rechnung zu legen —

FRAU VON CYPRESSENBURG. Hab' ich Ihr nicht gesagt, daß ich Sie wieder behalte?

FLORA. Ja, aber — es ist zwar noch nicht gewiß, aber es könnt' vielleicht seyn, daß ich in die Stadt heirath', warum soll ich's geheimhalten, der Mussi Titus —

FRAU VON CYPRESSENBURG. Was?!

CONSTANTIA *zugleich.* Impertinent!

SPUND. Wie vielen hast denn du 's Heirathen versprochen in der Desperation?

TITUS. Versprochen? Gar keiner.

SPUND. Übrigens, das is Nebensach'; heirath, wem du willst, du bist Universalerb'.

Ein und zwanzigster Auftritt.

VORIGE. SALOME.

SALOME *zur Mitte hereineilend*. Mussi Titus! Mussi Titus! *Erschrickt über die Anwesenden, ohne jedoch Flora zu bemerken, und bleibt unter der Thür stehen.*

FRAU VON CYPRESSENBURG, NOTARIUS *und* CONSTANTIA. Was soll das?

SALOME *schüchtern*. Ich bitt' um Verzeihn —

FRAU VON CYPRESSENBURG. Was hat die Person hier zu suchen?

SALOME. Den Mussi Titus; die Frau Gartnerin schreit ihn für einen Dieb aus.

FRAU VON CYPRESSENBURG. Die ist ja hier.

SALOME *Flora gewahr werdend*. Richtig! Na, dann soll sie's selber sagen.

FRAU VON CYPRESSENBURG. Was denn?

SALOME. Nix; sie winkt mir ja, daß ich nix sagen soll.

FRAU VON CYPRESSENBURG. Heraus jetzt mit der Sprache.

SALOME. Nein, solang die Frau Gartnerin dort so winkt, kann ich nit reden.

FRAU VON CYPRESSENBURG *zu Flora*. Das werd' ich mir verbitten. *Zu Salome*. Also, was ist's?

SALOME *verlegen*. Die Frau Gartnerin hat dem Plutzerkern g'sagt, und der Plutzerkern hat mir den Auftrag geben —

FRAU VON CYPRESSENBURG *ungeduldig*. Was denn?

SALOME. Der Mussi Titus soll die Perrück'n z'ruckgeb'n.

FRAU VON CYPRESSENBURG *und* CONSTANTIA *erschrocken*.

SPUND. Was für eine Perrucken?

TITUS *die graue Perrücke abnehmend.* Diese da.

SPUND *erzürnt, als er den Betrug merkt.* Was wär' das?! Du Bursch du! —

CONSTANTIA *für sich.* Verdammt! jetzt ist alles verloren!

FRAU VON CYPRESSENBURG *leise zu Constantia.* Ruhig! *Laut zu Titus.* Sie haben sich einen etwas albernen Scherz mit Ihrem würdigen Herrn Onkel erlaubt; Sie werden aber doch nicht glauben, daß er sich wirklich äffen ließ? Er müßte der dümmste Mensch unter der Sonne seyn, wenn er die plumpe Täuschung nicht augenblicklich gemerkt hätte; aber als Mann von Geist und Verstand —

TITUS. Hat er gleich alles durchschaut, und nur mich aufsitzen lassen.

FRAU VON CYPRESSENBURG *zu Spund.* Ist's nicht so?

SPUND *ganz verblüfft.* Ja, freilich, freilich, hab' ich alles durchschaut.

FRAU VON CYPRESSENBURG *zu Titus.* An Ihnen ist es jetzt, seine Vergebung zu erflehen.

CONSTANTIA *zu Titus.* Daß Ihnen der geistreiche Mann der Haare wegen die Erbschaft nicht entziehen wird, dürfen Sie mit Zuversicht hoffen. *Zu Spund.* Nicht wahr?

SPUND *wie oben.* Freilich, freilich!

TITUS *zu Constantia und Flora.* Daß ich aber auf die Erbschaft freiwillig Verzicht leiste, das werden Sie nicht hoffen. Mein guter Herr Vetter kauft mir ein G'schäft, mehr verlang' ich mir nicht; dafür werd' ich ihm ewig dankbar seyn; Erbschaft brauch' ich keine, denn ich wünsch', daß er noch a dreihundert Jahr' lebt.

SPUND *gerührt.* So alt is noch kein Bierversilberer wor'n! Bist doch a guter Kerl, trotz die roth'n Haar'.

TITUS *mit Beziehung auf Flora und Constantia.* Daß ich nun ohne Erbschaft keine von denen heirathen kann, die die rothen Haar' bloß an einem Universalerben verzeihlich finden, das ergibt sich von selbst; ich heirath' die dem Titus sein'n Titus nicht zum Vorwurf machen kann, die schon auf den rothkopfeten povre diable a biss'l a Schneid hat g'habt, und das glaub' ich, war bei dieser da der Fall. *Schließt die erstaunte Salome in die Arme.*

SALOME. Was!? — Der Mussi Titus? —

TITUS. Wird der deinige.

FRAU VON CYPRESSENBURG *welche still mit Constantia gesprochen, sagt dann laut.* Adieu! *Geht unwillig in die Seitenthür links ab. Der Notarius folgt ihr.*

CONSTANTIA. Die gnädige Frau wünscht, daß man sie hier nicht ferner störe. *Folgt ihr.*

FLORA *zu Titus boßhaft.* Ich gratulir' zur schönen Wahl. Da heißt's wohl: »Gleich und gleich g'sellt sich gern.« *Zur Mitte ab.*

SPUND *zu Titus.* Du thust aber, als wenn ich da gar nix dreinz'reden hätt'!

TITUS *mit Beziehung auf Salome.* Ich weiß, Herr Vetter, die rothen Haar' mißfallen Ihnen, sie mißfallen fast allgemein; aber nur, weil der Anblick zu ungewöhnlich is; wann's recht viel gäbet, käm' die Sach' in Schwung, und daß wir zu dieser Vervielfältigung das Unsrige beitragen wer'n, da kann sich der Herr Vetter verlassen drauf. *Umarmt Salome.*

Während einigen Tacten Musik fällt der Vorhang

Ende.

Anhang.

SKIZZE ZUM »BONAVENTURE«[1]

[BONAVENTURE, I. 5. Begegnung zwischen BONAVENTURE und JEANNE, den Vorbildern für *Titus* und *Salome*. Der Autor notiert vom Beginn der Szene:]

5te Scene

BONAV. *und* JOHANNA *mit Messer Schwarzbrot schneidend, sieht nich*   BOT. *sieht sie und erstaunt, verharrend in dem Zauber,* Prinzessin mit dem goldenen Haar.

Sie sagt, ach der schöne Mann

BT. Bin neugierig, ob die mich rothe Rubn

J. Wie schön

BT. Landmadl was willst Du

J. Ich kam um zu trinken, denn mich druckts im Magen

BT. (*b. S.*) Sie ißt (*Laut*) thue es, du hast das Recht dazu | *setzt sich auf den Brunnenstock Johanna setzt sich auf den anderen und lächelt auf ihn*

BT. Was schaust du mich so an?

J. Weils mich freut

BT. Willst du dich lustig machen über (mein Unglück) mich, du Pockerlgouvernante

J. Unglück? Wie kann ein so hübscher junger Mensch unglücklich seyn . . .

---

[1] Ausschnitt aus der Skizze zum »Bonaventure«, dem Vorbild des »Talisman«, Handschrift der Wiener Stadtbibliothek I. N. 94 386.

[Ausschnitt aus dem Entwurf für die Szene zwischen der *Cypressen-burg und Titus* (II, 17)[2]:]

Cyp. Wo hat er gedient?

T. Ist die erste Blüte meiner Jägerschaft, die ich zu Ihren Füßen niederlege, und die Livree, die ich jetzt bewohne, umschließt eine zwar dienstergebene, aber bis jetzt noch ungediente Individualität.

C. Und welche literarische Bildung hat er ihnen gegeben?

T. Eine Art Mille-Fleurbildung. Ein Wissenschaftler von höchstem Geist frißt so viel auf einmal hinein, daß er unmöglich alles verdauen kann. Ich besitze daher

Vorgeschmack	Medizin	einen Anflug von Geographie,
Schimmer	Geographie	einen Schimmer Geschichte,
Anflug	Chirurgie	eine Ahndung von Philosophie,
Ahnung	Philosophie	einen Schein Jurisprudenz, einen
Anstrich	Geschichte	Anstrich von Chirurgie und einen
Schein	Jurisprudenz	Vorgeschmack von Medizin.

Cyp. Charmant. Sie haben sehr viel, aber nichts gründlich gelernt, darin besteht die Genialität . .

T. (*f. sich*) Das is das erste, was ich hör, jetzt kann ich mir's erklären, warum' s so viele Genies gibt.

Cyp. Er hat keine Ursache sich zu fürchten, er hat eine gute Tour-nure, eine agreable Facon, wenn er sich gut anläßt

Cyp. Also jetzt zu Ihnen mein Freund . .

T. Das ist der Augenblick, den ich ingleichem Grad gewünscht und gefürchtet habe, ich habe ihm mit zaghafter Kühnheit, mit mut-vollem Zittern entgegengesehen.

Also verstoßen, verschmettert, Vermalmt!

Es ist reiner Zufall, daß ich blond bin.

T. Glauben Sie, daß ich im Stande bin, einen intellektuellen Zur-seitesteher abzugeben . . . . .

---

[2] Dieser und andere Entwürfe entstanden im Zusammenhang mit der Inszenierung des Spieles in der Szenarium-Handschrift, Wiener Stadt-bibliothek I. N. 85 595.

Litterarisch[3]
Haus- und Wirtschaftspoesie
Matter witz, Stickung auf düsterem Hintergrund-glänzend muß auf-
fallen
Lauter Todte-Lebensbild
Thränen, Schweiß der Seele
Rührend is schön — nichts rührender als 50 Prinzipal — keine
Provision
Wenn di Frau in Thränen nach Haus kommt — hat dich ein Frecher
beleidigt? Nein, s Stück war so schön
Die große Seele wird meist der Rührung fähig sein, aber dadurch
kommt die große Seele langmächtig mit einem Schnupftücherl
aus, aber die gewöhnlichen guten Seelerln, die brauchen a
Dutzend Facinetteln in einer Comödie.
Na ja, aber es is halt da die große Anwort, die unser Jahrhundert
empfunden hat

---

[3] Durch diese tabellarisch angeordnete Sammlung von Aphorismen und
Dialogansätzen, auf der Rückseite der Skizze zum »Bonaventure« notiert,
(Wiener Stadtbibliothek I. N. 94 386) bereitete sich Nestroy auf die
»literarische« Szene (23. und 24. Szene des 2. Aktes) im Talisman und
auf eventuelle Extemporés vor.

MATERIALIEN
ZUM VERSTÄNDNIS DES TEXTES

Editionsbericht

Der Talisman ist in folgenden Ausgaben erschienen:

1. *Der Talisman*. Posse mit Gesang in drei Akten von *Johann Nestroy*. Mit einem allegorischen illuminierten Bilde. Wien 1843.
2. *Johann Nestroy*, Sämtliche Werke. Historisch-kritische Gesamtausgabe, herausgegeben von FRITZ BRUKNER und OTTO ROMMEL unter Mitwirkung von ANTON HOFFMANN, Wien 1927 bis 1930. Band 10.
3. *Johann Nestroy*, Gesammelte Werke in 6 Bänden, herausgegeben von OTTO ROMMEL, Wien 1948/49, Band 3.
4. *Der Talisman*. Herausgegeben von FRANZ H. MAUTNER, Paderborn 1959.
5. *Der Talisman*. Herausgegeben von GUSTAV PICHLER, Wien 1961.
6. *Der Talisman*. Herausgegeben von OTTO ROMMEL, Stuttgart 1962.
7. *Johann Nestroy*, Ausgewählte Werke. Herausgegeben und mit einer Einleitung von JOSEPH GREGOR. Wien 1959.
8. *Johann Nestroy*, Werke. Ausgewählt und mit einem Nachwort von OSKAR MAURUS FONTANA. München 1962.
9. *Johann Nestroy*, Werke. Herausgegeben und eingeleitet von HANS WEIGEL. Gütersloh 1962.
10. *Johann Nestroy*, Komödien. Herausgegeben von FRANZ. H. MAUTNER, Frankfurt am Main 1970. Band 2.

Die Vielzahl der Ausgaben darf nicht über die bestehenden Schwierigkeiten für die *Nestroy*-Edition hinwegtäuschen, trotz der Leistung ROMMELS, BRUKNERS und HOFFMANNS[1]. Auch für den *Talisman* fehlt eine verbindliche Textgrundlage, obwohl auf den ersten Blick die Quellen reichlich zu fließen scheinen. Es wird in der Wiener Stadtbibliothek ein eigenhändiges Originalmanuskript[2], betitelt *Titus Feuerfuchs oder die Schicksalsperücken*, aufbewahrt. Auch der

---

[1] Das größte Verdienst unter den drei Beteiligten kommt Rommel zu. Unterdessen hat sich die Historisch-Kritische Gesamtausgabe als revisionsbedürftig erwiesen.

[2] Dieses Originalmanuskript wurde für Rommel von Brukner kollationiert. Rommel selbst teilt in seiner historisch-kritischen Ausgabe, a. a. O., Bd. 10, S. 613 mit, daß dieses Manuskript, welches sich noch 1922 im Besitz der Nestroyschen Erben befunden habe, verlorengegangen zu sein scheint. Unterdessen ist es jedoch in den Besitz der Wiener Stadtbibliothek gelangt. Auch die abenteuerliche Geschichte des Nestroyschen Nachlasses bedingt die Schwierigkeiten der Edition.

Erstdruck von 1843 bei WALLISHAUSER in Wien liegt vor. Diese beiden Texte bilden die wichtigste Grundlage für die Edition. Aber weder aus der Originalhandschrift noch aus dem Druck allein ließe sich ein zuverlässiger Talismantext herstellen. In der Originalhandschrift fehlen ab dem 2. Akt alle Couplets, das Quodlibetterzett und die Szene 3,16 (»Fahr ab, du bordirte Befehlserfüllungsmaschine . . . .«). Diese für die *Nestroysche* Kunst wesentlichen Elemente sind nicht aus heiterem Himmel in den Druck bei WALLISHAUSER aufgenommen worden. Man kann die Treue des Erstdrucks in dieser Frage anhand der von ROMMEL noch nicht herausgegebenen Werkstatt-Notizen[3] überprüfen und feststellen, daß diese in der Handschrift fehlenden Texte schon in der frühesten Phase der Arbeit am *Talisman* geschrieben wurden und mit dem WALLISHAUSER-Druck im wesentlichen übereinstimmen. Die Originalhandschrift ist nicht nur unvollständig, sie ist auch qualitativ in verschiedenen Einzelheiten schlechter als der WALLISHAUSER-Druck. *Nestroy* unterwarf sich einer Selbstzensur, die zwar nicht so weit geht wie in dem für die offizielle staatliche Zensur »frisierten« Zensurmanuskript[4], die ihn aber dennoch auf erotische, religiöse und soziologische Bemerkungen vorsorglich verzichten läßt. Eine Ursache für die noch unbefriedigende Qualität der Reinschrift ist demnach das Doppelspiel *Nestroys* aus Rücksicht auf die Zensur. Ein anderer Grund für die Mängel der Handschrift ist die Tatsache, daß sie noch nicht auf dem Theater erprobt ist. Der Druck dagegen berücksichtigt in der Regel die doppelte Buchführung des Autors gegenüber der Zensur, indem er fast alle Stellen aufnimmt, die der Selbstzensur[5] oder gar den

[3] Die Werkstatt-Notizen zum »Talisman« wie zu anderen Werken wurden von Rommel nicht berücksichtigt. Die Handschriften zum »Talisman« werden erstmals in der Frankfurter Dissertation des Verfassers untersucht und herausgegeben. Hier sind nur einige Hinweise möglich: es handelt sich um drei Handschriften: 1. um eine Aneignungsskizze, Studiennotizen zum französischen Vorbild, dem Vaudeville »Bonaventure« (Wiener Stadtbibliothek I. N. 94 386); 2. um die Szenarium-Handschrift mit Szenen- und Dialogentwürfen sowie den Texten der Couplets (Wiener Stadtbibliothek I. N. 85 595); sowie 3. eine Handschrift zum Quodlibetterzett, auf der sich ebenfalls Entwürfe für den Talismantext befinden. Diese Handschrift ist leider in zwei Teile geteilt und in der falschen Reihenfolge numeriert worden. (Wiener Stadtbibliothek I. N. 94 322 und 94 323).

[4] Die Zensurhandschrift wird in Wien in der Theatersammlung der Österreichischen Nationalbibliothek aufbewahrt. (Carl Th. T 4a).

[5] Die Selbstzensur verzichtet von vornherein auf Worte und Anspielungen, die den Schutz der Religion durch den Staat berühren, die die ständisch-monarchische Ordnung angreifen, die Berufe und fremde Nationen schmähen und vor allem die sexuell-erotisch zu eindeutig verstanden werden könnten.

Strichen des Zensors[6] zum Opfer gefallen waren. Außerdem spiegelt
der Druck die Erprobung auf dem Theater wider. Diese Erfahrung
fehlt der Reinschrift noch. Nur so ist der die Pointe zerstörende und
verharmlosende Schluß zu erklären, mit dem nach der Handschrift
der *Talisman* enden sollte:

»TITUS *mit Beziehung auf Salome.* Ich weiß, Herr Vetter, die roten
Haar' mißfallen Ihnen, sie mißfallen fast allgemein; aber nur,
weil der Anblick zu ungewöhnlich is; wann's recht viel gäbet,
käm' die Sach' in Schwung, und daß das g'schieht, wollen wir das
Unsrige beitragen, und wenn wir eine ganze Schar baschierliche
Rotkopfeln haben.

SPUND. Dann sollen die meine Universalerben sein. *Legt beider
Hände zusammen*«.[7]

Die deutlicher an das Schema der commedia dell'arte angelehnte
Pointierung des Drucks: . . . *und daß wir zu dieser Vervielfältigung das
Unsrige beitragen wer'n, da kann sich der Herr Vetter verlassen drauf* ist
durch die Werkstatt und die Zensurhandschrift belegt, wo der
Zensor auch prompt an der »Vervielfältigung« Anstoß nahm und
zum Rotstift griff.

Freilich kann die WALLISHAUSER-Ausgabe von 1843 nicht einfach
als Faksimile gedruckt werden.

Ein Grund, auch den Druck zu revidieren, liegt darin, daß in ihm
manche Einfärbungen aus der Zensurhandschrift stammen. In diesen
Fällen ist der Handschrift, insofern sie keine Rücksichten auf die

---

[6] Trotz dieser Abschwächung des eigenen Textes, die erst wieder
beim Theaterspielen oder beim Druck rückgängig gemacht wurde, fand
der Rotstift des Zensors noch seine Opfer. Die Zensurhandschrift ist
deshalb für die Textkritik vor allem als negativer Maßstab anzulegen,
um in Zweifelsfällen zu sehen, wie Nestroy es nicht gemeint hat. Rommel
hat in seiner Historisch-kritischen Ausgabe, a. a. O., S. 613 ff., nur einen
Teil der Zensurvarianten mitgeteilt. Die Eingriffe des Zensors betrafen
mehr, als Rommel veröffentlicht.

[7] Diese gelegentlich verharmlosende Tendenz in der Handschrift ist
vielleicht auch eine Nachwirkung des Zwanges, so zu schreiben, daß
die Zensur umgangen werden konnte. Der Selbstzensur dürfte auch ein
drastischer Vergleich Nestroys zum Opfer gefallen sein, der im Entwurf
für die »literarische« Szene im »Talisman« in der Szenarium-Handschrift
lauten sollte: »T. Eine Art Mille-fleurs-Bildung. Ein Wissenschaftler
von höchstem Geist frißt so viel auf einmal hinein, daß er doch unmöglich
alles verdauen kann . . .« Daraus machte Nestroy in der Reinschrift
bereits abgeschwächt: »Titus. Eine Art Mille-fleurs-Bildung; ein wissen-
schaftshungriger Geist frißt so viel auf einmal in sich hinein, daß er
unmöglich alles verdauen kann . . .« Schließlich strich er den Satz vom
Wissenschaftler noch in der Handschrift.

Zensurbestimmungen nimmt, der Vorrang zu geben. *Nestroy* selbst hat es allen Editoren schwer gemacht. Sein lasches Verhältnis zu seinen eigenen Texten ist bekannt. Er hielt sich weder an eine einheitliche Interpunktion, noch an eine einheitliche Orthographie, noch gab er den stilisierten Dialekt einheitlich wieder. Manche Handschrift ist überdies sehr schwer lesbar.

Noch gefährlicher als die Übersetzung von Fremdwörtern in WALLISHAUSER-Drucken waren freilich Versuche, *Nestroy* in die umgekehrte Richtung zu normalisieren, ihn zum Wiener Heimatdichter zu degradieren. Dieser Streit[8] ist ausgestanden zugunsten der Einsicht, daß man lieber Widersprüche hinnehmen muß, aber auf keinen Fall das dialektische Spiel von Hochsprache und stilisiertem Dialekt dadurch stören darf, indem man wie LEOPOLD LIEGLER eine phonetische Transskription der Stücke in den Wiener Dialekt versucht, oder wie LUDWIG GANGHOFER und VINCENZ CHIAVACCI in ihrer *Nestroy*ausgabe[9] immer »a« statt »ein« schreibt. Bei diesen von *Nestroy* verursachten oder ihm von außen, z. B. durch die Zensur, auferlegten Schwierigkeiten, erschien der Erstdruck bei WALLISHAUSER als beste Textgrundlage, die freilich in einzelnen Fällen durch das Originalmanuskript und die Originalpartitur[10] verbessert werden mußte.

Im folgenden wird der Druck mit D, die Originalhandschrift mit H und die Zensurhandschrift mit Z bezeichnet. Die Orthographie wird nach D wiedergegeben. ROMMEL hatte sie zugunsten der heutigen Schreibweise normalisiert.

Bei der Regiebemerkung vor der 1. Szene im 1. Akt fehlt in D »mit zwei sich gegenüberstehenden Steinsitzen«.

8. Szene im 1. Akt: in D: *Titus. War vor ihr'm Tod längere Zeit seine Gemahlin* wurde wie in H gegeben, zumal der Satz in H besser

---

[8] Leopold Liegler hatte die Transskription von Nestroytexten in »richtiges« Wienerisch versucht und war dafür von Karl Kraus scharf attackiert worden, der in der Fackel, Wien 1925, Nr. 676—78, S. 24 schrieb, Nestroy sei kein österreichischer Dialektdichter, sondern ein deutscher Satiriker.

[9] Die Ausgabe in 12 Bänden, besorgt von Vincenz Chiavacci und Ludwig Ganghofer, erschien in Stuttgart 1890/91. Sie ist für die Edition nicht mehr heranzuziehen, aber durch den Beitrag von Moritz Necker im 12. Band noch heute wertvoll. Necker war der erste wissenschaftliche Biograph Nestroys.

[10] Die Originalpartitur von Adolf Müller mit dem Quodlibetterzett und den Couplets und Chören liegt in der Musikaliensammlung der Wiener Stadtbibliothek, Nr. 758 M II. Bei der Textkritik konnten zusätzlich die von Rommel nicht berücksichtigte Szenarium-Handschrift mit sämtlichen Liedtexten (Stadtbibliothek Wien I. N. 85 595) und die Quodlibethandschrift (Wiener Stadtbibliothek I. N. 94 323 und 94 322) herangezogen werden.

zum Schwadronieren des *Titus* in der Szene paßt. Laut H: Titus. *War vor ihr'm Tod längere Zeit verehelichte Gattin ihres angetrauten Gemahls.* (S. 14).

13. Szene im 1. Akt: in D: *Wenn ich diese Tour aufsetz', so sinkt der Adonis zum Gottschebabub'n herab und der Narziß wird ausg'strichen aus der Mythologie.* Das nach der deutschen Sprachinsel in Jugoslawien gebildete Wort *Gottschebabub'n* wurde durch das geläufigere *Rastelbinderbub'n* in H ersetzt. *Gottschebabub'n* ist eines der Beispiele für das Abfärben von Z auf D. (S. 20).

Am Ende des ersten Auftritts im 2. Akt mußte D durch H verbessert werden, da anstelle des farbigen *Plutzerkern*-Satzes ... *wir können dann auch gleich Komplotte machen, wie wir ihn wieder aus'm Haus vertreiben wollen* es in D hieß: ... *wir können uns dann auch gleich z'sammreden wie wir ihn wieder aus'm Haus vertreiben wollen.* Hier zeigt sich abermals ein Abfärben der Zensur und die Tendenz, Fremdwörter zu meiden. Da die Antwort in D: *Ja das wollen wir* ebenfalls aus Z stammen dürfte, haben wir wiederum die Fassung von H vorgezogen: Alle. *Ja, das können wir.* (S.37).

10. Szene im 2. Akt. Der Satz in H: Marquis. *Wie können Sie die Anlagen eines Jägers beurtheilen? Hat er was getroffen? Und überhaupt, wozu ein Jäger im Hause einer Dame?* war in Z der Selbstzensur zum Opfer gefallen und lautete dann völlig harmlos: Marquis. *Wie können Sie das beurtheilen?* In D wurde die ursprüngliche Fassung nicht vollständig wiederhergestellt, der Zusatz *und überhaupt, wozu ein Jäger im Hause einer Dame?* blieb auf der Strecke. Da auch hier Z offensichtlich auf D abgefärbt hat, entschieden wir uns für H (S. 46).

20. Szene im 2. Akt: Titus. *Und dann betragt sich dero Friseur auch auf eine Weise* ... laut H. *dero* paßt besser zum Sprachstil des *Titus* gegenüber der *Cypressenburg* als der normalisierte Satz in D: Titus. *und dann betragt sich der Friseur auch auf eine Weise* ... D entspricht abermals Z, dürfte also von dorther verfälscht worden sein, da die Zensur Anspielungen auf adelige Redeweisen verbot (S. 57).

Die 24. Szene im 2. Akt, die »literarische« Szene, wird am besten durch H wiedergegeben. In dieser Szene strich der Zensor, und in D wurde sie nicht sorgfältig wiederhergestellt. Es fehlen in D wichtige Elemente wie der absurde Sprechchor der Damen am Eingang der Szene: Die Damen *untereinander. Migräne, Kopfschmerz Rheumatismus* ... und folgender Wortwechsel im Anschluß an die Bemerkung des *Herrn von Platt*, daß es schade sei, daß die gnädige Frau nicht fürs Theater schreibe: Frau von Cypressenburg. *Wer weiß, was geschieht; es kann seyn, daß ich mich nächstens versuche.*

Titus. *Ich hör, es soll unendlich leicht seyn, es geht als wie g'schmiert.*

HERR VON PLATT. *Ich für mein Theil hätte eine Leidenschaft, eine Posse zu schreiben.* (S. 62).

11. Szene im 3. Akt, das Quodlibet-Terzett: Die Edition des Quodlibet bleibt ohne die Partitur Stückwerk. Wir haben wenigstens anhand der Originalpartitur ADOLF MÜLLERS (Musikalien-Sammlung der Wiener Stadtbibliothek Nr. 758) und *Nestroys* eigener Quodlibet-Handschrift (Wiener Stadtbibliothek I. N. 94323 und 94322) ROMMELS Fehler korrigiert. Am schwerwiegendsten war, daß die bisherigen Druckanordnungen ein Duett von *Flora* und *Titus* nach MEYERBEERS »Hugenotten« nicht als Duett erkennen ließen. So konnte man bisher nicht bemerken, daß *Flora* hochdeutsch und pathetisch von Reue, die das Herz ihr bricht, sang, und gleichzeitig dieses Pseudo-Pathos ein meckernder Unterton des *Titus* im stilisierten Dialekt zersetzte, indem er vom Bäcken singt, bei dem man Semmeln, ihn aber nicht kriege (S. 76). Unsere Ausgabe folgt der Originalpartitur, ergänzt sie lediglich aus der Handschrift um den zum Schluß gesprochenen Text: *'s laßt sich dagegen nix sag'n mit ein'm orndlichen Mag'n* ... (S. 79).

Die 6. Strophe des Couplets in der 16. Szene des 3. Aktes wurde nach der Original-Partitur gegeben, da sie in D fehlt (S. 82).

21. Szene im 3. Akt: CONSTANTIA *für sich. Verdammt jetzt ist alles verloren.* Wurde in D durch Z verharmlost zu *o weh, jetzt ist alles verloren.* Wiederherstellung nach H (S. 91).

In derselben Szene verschlechterte D, ebenfalls durch Z beeinflußt: CONSTANTIA *zu Titus. Daß Ihnen der geistreiche Mann dieser Täuschung wegen die Erbschaft nicht entziehen wird, dürfen Sie mit Zuversicht hoffen* ... Wir folgen H, in der es statt *dieser Täuschung wegen—der Haare wegen* heißt (S. 91).

Zur Entstehungsgeschichte

Als der *Talisman* am 16. Dezember 1840 im Theater an der Wien zum ersten Male über die Bretter ging, stand der am 7. Dezember 1801 geborene *Johann Nepomuk Nestroy* als 39 jähriger im Zenit seines Lebens und seiner Laufbahn. Wie SHAKESPEARE, MOLIÈRE oder RAIMUND gehört er zu den für die Komödien-Weltliteratur wichtigen Gestalten der Komödien schreibenden Komödianten. Zunächst wollte *Nestroy* jedoch in die Fußstapfen seines Vaters, eines Advokaten, treten und ebenfalls Jurist werden. Der Bürgerssohn aus der Wiener I. Stadt schien durch Abkunft und Bildung zuerst gar nicht dafür bestimmt, einmal bis zu seinem Tod am 25. Mai 1862 83 Stücke zu schreiben und 879 Rollen zu spielen.

Doch ehe er einer neuen Schauspieler-Kunst zum Sieg verhalf, und ehe er seine Possen schrieb, die erst ein Jahrhundert später vollends als Glanzpunkte der europäischen Lustspiel-Literatur anerkannt werden sollten, versuchte er sich als Opernsänger. Noch bevor er als Jurist examiniert war, debutierte er auf Anhieb erfolgreich am K. K. Hofoperntheater nächst dem Kärntnertore am 24. August 1822 als »Sarastro« in MOZARTS »Zauberflöte«. Noch im gleichen Jahr nahm er ein Engagement als Erster Baß am Deutschen Theater in Amsterdam an. Damals überwogen die ernsten Rollen bei weitem die komischen. In jener Zeit schärfte *Nestroy* sein Ohr für die Musik; und sicher sind diese Lehr- und Wanderjahre mit die Ursache dafür, daß Musik und Gesang in seinen Stücken eine so wichtige Rolle spielen. In Amsterdam und in den nach dem Zusammenbruch des Deutschen Theaters folgenden Engagements lernte er das Theaterspielen von der Pike auf. Als er merkte, daß die Kraft seiner Baßstimme nachließ, sattelte er endgültig zum Sprechtheater um, ohne jedoch sein Publikum je vergessen zu lassen, daß er als Opernsänger begonnen hatte. Das kam ihm noch zu gute, als er längst der König des Wiener Vorstadttheaters geworden war. Seinen Ruhm verdankte er nicht zuletzt den Opernparodien und dem eigenartigen Sprechgesang in den Couplets. In diesem frühen Stadium erweiterte er seine theatralischen Erfahrungen um genug ernste und pathetische Rollen aus dem »großen« Theater. Er spielte den Geßler in SCHILLERS »Wilhelm Tell«, den Burgleigh in »Maria Stuart« oder den Geist in SHAKESPEARES »Hamlet«. Bei diesen Auftritten wurde er aber vom Publikum und der Kritik mehr respektiert als mit Beifall überschüttet. Überblickt man *Nestroys* ganzes Leben und Werk, so offenbart sich bald, daß auch die Begegnung mit dem »großen« Theater nützlich war. Dabei sammelte er die Erfahrungen, die er in seinem Wirken als unverwechselbarer Schauspieler und als Autor in Parodie und Travestie ummünzte.

In jene frühen Jahre fällt schließlich als weitere entscheidende Voraussetzung für sein Werk das Erspielen des gesamten Repertoires des Wiener Volkstheaters bis hin zu RAIMUND. Auf seinem Rückweg von Amsterdam nach Wien durch die österreichische Provinz, über Brünn, Preßburg und Graz, erweitert er seinen Rollenbestand von 51 auf 451, vornehmlich aus dem Fundus des österreichischen Volkstheaters. Diese enorme Leistung erlaubte es dem »Wiener Aristophanes« sowohl aus der Tradition des Volkstheaters zu schöpfen als auch mit ihr launisch und zerstörend umzuspringen. Die Erfahrungen der Frühzeit wirken sich noch beim Schreiben seiner Meisterwerke wie des *Talisman* aus: *Der Talisman* ohne Musik, ohne die Auseinandersetzung mit dem »Literarischen«, ohne Anspielungen auf das große Theater und ohne Erfüllung bestimmter Traditionen des Vorstadt-Theaters wäre ein ganz anderes Stück geworden.

Eine weitere entscheidende Erfahrung gehört ebenfalls noch in das Jahrzehnt zwischen 1820 und 1830: trotz der barocken Fülle des österreichischen Volkstheaters fehlt es immer wieder an Stücken und an Rollen, speziell an Rollen für den Schauspieler *Nestroy*, der schon bald einen von den bisherigen Bräuchen abweichenden Stil entwickelt. Der Mangel an Rollen, die dem Schauspieler *Nestroy* angemessen waren, mag den Autor *Nestroy* auf den Plan gerufen haben. Am Anfang dürfte er sein Schreiben tatsächlich nur als Rollenschaffen verstanden haben, und vielleicht mag in *Nestroys* Bewußtsein der Schauspieler im Vordergrund gestanden haben. Aber sein schriftstellerisches Selbstgefühl wuchs und blieb zeitlebens, trotz aller Rückschläge und Anfeindungen.

Der erfolgreiche Wiener Theaterdirektor CARL berief *Nestroy* 1831 jedoch noch nicht in erster Linie wegen seines schriftstellerischen Genies, er hatte die richtige Witterung für den in Graz wirkenden Erzkomödianten. CARL holte *Nestroy* und seine weniger begabte Lebensgefährtin, »die Frau«, wie *Nestroy* sie oft nannte, die Schauspielerin MARIE WEILER, nach Wien. CARL beherrschte damals einen guten Teil des Theaterlebens der Vorstädte. Er hatte das Theater an der Wien (1826—45) und das Theater in der Leopoldstadt von 1838 bis zu seinem Tode 1854 gepachtet. Er beutete *Nestroy* ohne Zweifel aus; er stachelte ihn aber auch an, und es ist fraglich, ob *Nestroy* ohne diesen ewigen Antreiber soviel geleistet hätte.

In diesem Jahrzehnt entstehen vor 1840, dem *Talisman*-Jahr, 32 Stücke, deren zauberische, parodistische, satirische und musikalische Kunst ebenso wie ihre sprachlichen Kabinettstückchen und ihr Figurenbestand wie ein reiches Arsenal bereits vorliegen, ehe der *Talisman* geschrieben wird[1].

1840 ist ein erfolgreiches Jahr. Zuerst entsteht »Der Färber und sein Zwillingsbruder«, ein Doppelgängerstück der Zwillingsbrüder Blau nach der Handlung einer Oper von ADOLPHE ADAM, sodann die weniger geglückte Verarbeitung einer Operette von ADAM und SCRIBE »Der Erbschleicher«, im August schließlich das nur fragmentarisch erhaltene Quodlibet-Vorspiel »Die zusammengestoppelte Komödie«. Kaum eines der Stücke ist ein »Original«. *Nestroy*, auch hierin einer Tradition der europäischen Komödie folgend, erfand seine Stoffe nicht, er fand sie; im Fall des *Talisman* in einem reizenden Pariser Vaudeville, dem »Bonaventure«. Dieses

---

[1] Darunter der Gundelhuber, der manche Wiener wie einer seiner Nachfahren, Qualtingers Herr Karl, verärgerte.

Pariser Singspiel von DUPEUTY und DE COURCY wurde am 23. Juni[2]
1840 uraufgeführt. Damit hatte *Nestroy* vom ersten möglichen Ken-
nenlernen der Vorlage bis zur Premiere des *Talisman* höchstens fünf
Monate Zeit. Es ist möglich, daß *Nestroy* auf die Vorlage des *Talisman* nicht erst durch die Kritik in BÄUERLES Wiener Theaterzeitung
aufmerksam gemacht wurde, die am 19. August 1840 einen schier
endlosen Bericht aus Paris von JOSEPH MENDELSOHN brachte. In
etwas weitschweifigem Stil teilte MENDELSOHN, nicht immer ganz
zuverlässig (das Vaudeville ist drei- nicht vieraktig, die Perücke
wird nicht verkauft, sondern verschenkt, und sie ist nicht schwarz
sondern braun), den Inhalt des Vaudevilles mit. Dieser Bericht mag
jedoch für *Nestroy* nur eine Arbeitshilfe gewesen sein. Wahrschein-
licher ist, daß der »Bonaventure« vom Theaterdirektor CARL und
dem Schauspieler GROIS von einer Erkundungsreise nach Paris
im Sommer 1840 mitgebracht worden ist. In jenem Sommer 1840
wurde in Paris auch das Vaudeville »La jolie fille du Faubourg«
von DE KOCK und VARIN gegeben, aus dem *Nestroy* im nächsten
Jahr, 1841, ein weiteres Meisterwerk machte: »Das Mädel aus der
Vorstadt oder Ehrlich währt am längsten«. Der »Bonaventure«
mag die Wiener Gäste nicht zuletzt deshalb gereizt haben, weil er
in Paris ein großer Erfolg war.

Viel Zeit stand *Nestroy* nicht zur Verfügung. Nach der Lektüre
begann er trotzdem nicht sofort mit einem eigenen Szenarium oder
mit Dialogentwürfen. Zuvor eignete er sich in einer besonderen
Handschrift[3] die Logik und die wichtigsten Motivationen der fremden Handlung an und gewann schon bei dieser typischen Werk-
statt-Arbeit Elemente für die Sprache des vollendeten Spiels. Die
Skizze verzichtet auf wörtliche Übersetzungen. Sie entspricht
streckenweise eher dem Notizbuch eines Regisseurs. Die Sprache
ist holprig, bruchstückhaft, noch begrifflich zusammenraffend.
Es bleibt nach dem Studium dieser Handschrift gegenüber ROMMEL
festzuhalten, daß der *Talisman* dem »Bonaventure« mehr verdankt
als bloß das Handlungsgerüst, vor allem im zweiten Akt auch
Anstöße für glänzende Formulierungen. Was in der Skizze schon
anklingt, wird im *Talisman* vollendet, auch das Spiel mit den französischen Einsprengseln, die die Sprachattitüde der *Cypressenburg*
mitbestimmen. Es wimmelt von Worten wie *Copist, Sekretär,*

---

[2] Rommel hat den Termin falsch mit 23. 1. 1840 angegeben.

[3] Die Skizze Nestroys zum »Bonaventure« wird in unserer Frankfurter
Dissertation herausgegeben. Gladt, a. a. O., S. 79, gibt über sie wie folgt
Rechenschaft: »Studiennotizen zur Textgestaltung, ... beg. Bonaventura
Leclop alter Gärtnergehilfe Gemeindeknecht ..., schl. auf der letzten
Seite, bet.: »Litterarisch«: ... die unser Jahrhundert empfunden hat
(Bogen mit 1—3 numeriert)«

Blondin, Memoiren, Livrée, charmant, kokett, Tournur, Liaison, Budoir, à l'enfant. Ein Beispiel soll diesen Prozeß veranschaulichen: In der Skizze zur 7. Szene des 2. Aktes im »Bonaventure«, dem Vorbild für die 17. Szene des 2. Aktes im *Talisman* notiert *Nestroy* für die Gräfin: »Wohlgefallen über die Tournur. Kommt näher.« Daraus wird im *Talisman:* FRAU VON CYPRESSENBURG. *Er hat keine Ursache, sich zu fürchten. Er hat eine gute Tourniere, eine agreable Façon, und wenn er sich gut anläßt — Wo hat Er denn früher gedient?* An anderen Stellen regt der französische Dialog *Nestroy* an, selbst ähnliche Formulierungen zu gebrauchen, die freilich keine Übersetzungen sind. Zum Beispiel: Nachdem der eifersüchtige Friseur dem Rotkopf die Perücke wieder abgenommen hat, ruft Bonaventure im Vaudeville (6. Szene des 2. Aktes) aus: »C'est le coiffeur, c'est le duc de Pomadière ... c'est cet Othello«. *Titus* im *Talisman* II, 14: ... *Da ist Eifersucht im Spiel! Othellischer Friseur! Pomadiges Ungeheuer! ...* In der Skizze zum »Bonaventure« fallen immer wieder wie auch in anderen Werkstatt-Handschriften die ganze Handlungsstränge und Dialogpartien zusammenfassenden Notizen auf; beispielsweise: »Ausforschung wegen Friseur als Liebhaber der Justine« oder Notizen, die das Theaterverständnis von BRECHT vorwegzunehmen scheinen: »Thut, als ob er dem Äußeren nach sie für die Gräfin halte.«

Nach dem Aneignen der Vorlage in der Skizze zum »Bonaventure« beginnt *Nestroy* die Arbeit an seinem eigenen Stück. Zuerst steckt er in einem Szenarium[4] die Bühne ab und bewegt darauf nicht mehr die Figuren aus dem »Bonaventure« sondern seine eigenen, die schon dadurch als Geschöpfe *Nestroys* ausgewiesen werden, daß sie nun nicht mehr Bonaventure oder Johanna, sondern *Titus Feuerfuchs* und *Salome Pockerl* heißen. Aus dieser zunächst noch marionettenartigen und vorsprachlichen Bewegung entsteht Sprache. *Nestroy* hat sich den rechten Rand der Handschrift und den Raum nach der Inszenierung jeden Aktes frei gehalten für Einfälle, Wortspielereien, für das systematische Absuchen eines Wortfeldes, für das Festhalten kleiner Dialogteile, aber auch schon für ganze Szenenentwürfe, für alle Couplets. In dieser Handschrift ist sowohl das mühselige Geschäft des Stückeschreibens als auch schöpferische Spontaneität zu bemerken. Das Szenarium gibt Rechenschaft über die Szenen und Figuren, die *Nestroy* selbst erfand. Die Szenen, deren Handlung aus dem Vaudeville kommt und die in das *Talisman*szenarium aufgenommen werden, bezeichnet er als »nach dem Geschriebenen«, abgekürzt »n. d. G.«. Die von ihm selbst entworfenen Szenen werden mit dem Zusatz »s. K.« versehen, was »selbst

---

[4] Bei der Szenarium-Handschrift gibt Gladt nur unvollständig Rechenschaft über den ganzen Inhalt des Manuskripts, Gladt, a. a. O., S. 78 f.

konzipiert« heißen könnte. Auf diese Weise erkennt man beim Studium der Szenarium-Handschrift rasch, was der *Talisman* dem »Bonaventure« verdankt und was allein schon durch die Inszenierung von *Nestroy* selbst stammt.

Anhand der Szenarium-Handschrift läßt sich die früheste Schicht des Werkes bestimmen. Es handelt sich um folgende Szenen, die in dieser Reihenfolge entworfen wurden[5]:

I, 8, *Titus* und *Salome*, der Entwurf beginnt: »Titus. Dein Geschäft ist das meine nicht ...« und endet »Salome. Ein Knecht ist ja nichts Schlechts, mit der Zeit könnens Oberknecht werden, oder sogar Hausknecht, oh, so ein Knecht ist ein gemachter Mann.«[6]

I,5, Auftrittscouplet und -monolog der *Nestroy*rolle *Titus Feuerfuchs*, bereits in der endgültigen Form. Das Couplet *Na da hab i schon gnur* (16. Szene im 3. Akt).

II, 17, *Titus* und *Frau von Cypressenburg*, der Entwurf beginnt: »T. Er betreibt ein stilles abgeschiedenes Geschäft ...« und endet »T. Da heißts weiter achtgeben, daß nicht.«

II, 22, Couplet des *Titus: Ja die Zeit ändert viel.*

II,1, Trinkchor der Gärtner.

I, 15, Couplet *Salomes: Ja die Männer hab'n 's gut.*

III, 18, *Titus* und *Spund*, der Entwurf beginnt: »Spund. Du bist ja rotkopfet« und endet »Titus. ... hab Dank, Schicksal, die Amputation ist glücklich vorüber.«

III, 4, *Spund* und *Salome*, der Entwurf beginnt: »Spund. Was ich hab' verdank ich meinem Verstand« und endet: »Sp. Ich werd schon ein finden ohne rothe Haar«.

In dieser ersten Phase der Entwürfe entsteht auch schon der Text des Quodlibet[7]. Auf dieser Handschrift bereitet *Nestroy* die 17. Szene im 1. Akt, *Titus* und *Flora* vor. Der Entwurf beginnt:

---

[5] Vgl. Anmerkung 4. Nestroy ging nach der systematischen Vorarbeit nicht mehr systematisch vor. Er schrieb vor allem zuerst für seine eigene Rolle.

[6] Fehlt im »Talisman«, vielleicht aus Rücksicht auf die Zensur.

[7] Diese Handschrift enthält gegenüber dem Quodlibet-Terzett, wie es in der Originalpartitur zu finden ist, mehr Texte. Gladts Rechenschaftsbericht, a. a. O., S. 79, ist irreführend; er stellt den zweiten Teil des Quodlibets, beginnend »Mein Bruder der Jodl singt so«, unter der Nummer I. N. 94 322 voran mit der Bezeichnung »Studiennotizen zur Textgestaltung«. In Wirklichkeit handelt es sich um den zweiten Teil der Quodlibet-Handschrift mit Notizen für andere Szenen. Der erste Teil wird in

»Ich bin ein exotisches Gewächs . . .«, er endet: ». . . fades trockenes
Geschäftsleben, was kaum den blühenden Namen Vegetation verdient.«

Außerdem wird in diesem Zusammenhang ein Wortspiel um ver-
schiedene Gärten und die Frauen entworfen, das im endgültigen
Text nicht wiederkehrt[8].

Auch die Handschrift der Skizze zum »Bonaventure« ist für
einen Entwurf benutzt worden. Auf der Rückseite steht eine Apho-
rismus-Tabelle, betitelt »Litterarisch«, eine Vorarbeit für die 24.
Szene im 2. Akt.

Dieser Einblick in die Entstehung des *Talisman* offenbart außerdem den egozentrischen Zug der *Nestroy*schen Kunst: es über-
wiegen bei weitem die Entwürfe für die *Nestroy*rolle *Titus Feuerfuchs*.

Ein anderer Aspekt des Werkes wird ebenfalls durch die Entstehungsgeschichte verdeutlicht: die Rolle, die *Nestroy* den musikalischen Elementen in seinem Spiel beimaß. Alle Couplets und der
Text des Quodlibetterzetts entstanden so früh.

Gattungsgeschichtliche Einordnung

Nestroy, einer der Wegbereiter der Moderne auf dem Theater[1],
der »Demonteur des Biedermeier«[2] ist zugleich ein Autor, der
sich willig den Gesetzen des Wiener Vorstadt-Theaters unterwirft.
Er schöpft aus der barocken und biedermeierlichen Tradition.
Formal sind seine Spiele Muster für die jeweilige Gattung dieses
Vorstadt-Theaters, das ROMMEL unter dem Begriff »Alt-Wiener
Volkskomödie« in allen seinen Verästelungen erforschte[3]. Auch

der Wiener Stadtbibliothek unter der Nummer I. N. 94 323 aufbewahrt.
Gladt vermeidet nicht den Eindruck, als handele es sich um zwei Handschriften. Auch diese Handschrift dürfte von einem ungetreuen Nachlaß-
verwalter zerschnitten worden sein.

[8] Der im »Talisman« nicht wiederkehrende Text heißt: »Die Weiber
ziehn uns von einem Garten in den anderen. Durch Lieb in einen Blumen-
garten. Durch Zärtlichkeit in einen Obstgarten, durch ihre Putzsucht in
einen Ziergarten. Durch . . . in einen Lustgarten. Durch Gunstleistung
qualificiren sie uns für einen Thiergarten und durch ihre Bosheit treiben
sie uns in den Wirtshausgarten.«

[1] Walter Höllerer hat den Übergangscharakter von Nestroys Werk in
»Zwischen Klassik und Moderne«, a. a. O., S. 171—187, charakterisiert.

[2] Nach Jörg Mauthe in »Wort und Wahrheit«, VI 1952, S. 976—979.

[3] Rommels große Monographie »Die Alt-Wiener Volkskomödie«,
Wien 1952, informiert umfassend. Der Begriff »Volkstheater« ist vielleicht
etwas irreführend, da es sich auch beim »Volkstheater« um literarische
Produktionen und um Berufsschauspieler handelte. Der Begriff Vorstadt-
Theater wird deshalb bewußt ebenfalls benutzt.

der *Talisman* steht in der Tradition und erfüllt eines der vorgege-
benen Muster, das der Posse mit Gesang. Diese Form löst 1840
im Schaffen *Nestroys* die Singspiel-Tradition ab, die im Wiener
Volkstheater in vielen Possen herrschte und die als unerreichbares
Vorbild MOZARTS »Zauberflöte« ansah. Auch die Vorlage für den
Talisman, das Pariser Vaudeville »Bonaventure«, wäre in Wiener
Verhältnisse buchstabengetreu übertragen ein Singspiel, nicht eine
Posse mit Gesang. Das zuverlässigste Unterscheidungsmerkmal
zwischen diesen benachbarten Formen ist die Funktion der
Musik. Während die im Singspiel im Verhältnis zur Posse wesent-
lich häufiger eingeschobenen Chöre und Lieder im Dienst der Handlung stehen, sie weiterführen und ergänzen, haben die in der Posse
mit Gesang seltener eingeschobenen Musiknummern nicht unmittelbar etwas mit dem Fortgang des Stückes zu tun. Freilich gibt
es zwischen diesen beiden Reinformen genug Übergänge. *Der
Talisman* steht an der Schwelle zwischen beiden Gattungen. Die
Chöre am Anfang und am Ende des 1. und 2. Aktes sowie in der
23. Szene des 2. Aktes, als Eröffnung der »literarischen« Teegesellschaft, stammen aus der Singspieltradition. Dagegen unterbrechen die Couplets durch ihren eigenartigen Sprechgesang die
Handlungsfiktion. Der Sänger reflektiert und räsoniert, aber er
treibt während des Liedes nicht mehr das Spiel voran. Auch das
im 3. Akt eingeschobene Quodlibetterzett verschafft dem Hand-
lungsfluß einen Ruhepunkt. Es ist ein Spiegel des bisherigen
Spiels, ein Spielen mit Motiven und Aktionen der *Talisman*handlung.
Es könnte ohne Schaden für den äußeren Ablauf der Komödie gestrichen werden. Es darf aber nicht gestrichen werden, wenn man
nicht das für die Struktur und den Stil der Nestroyschen Komödie
wesentliche Spiel im Spiel in der Form des Quodlibets zerstören
möchte.

Freilich erfüllt der *Talisman* nicht nur die formalen Bedingungen
der Posse mit Gesang. Er ist nicht nach einem sterilen Schema —
drei Akte mit geschickter Verteilung der Couplets und des Quodlibetterzetts unter bestmöglicher Einkalkulierung der Wirkung der
*Nestroy*rolle — geschrieben worden. Auf den *Talisman* wirken auch
die Impulse anderer Gattungen und Traditionen des Wiener Volkstheaters ein. Diese Tradition, in der die Gattung Posse mit Gesang
und der *Talisman* stehen, soll wenigstens skizziert werden.

Als Beginn dieses Altwiener Vorstadttheaters läßt sich 1712 fest-
setzen, als STRANITZKY das neue Komödienhaus nächst dem Kärntnertore übernahm und hier für seinen »Hans Wurst« die Bretter
aufschlug. STRANITZKYS Nachfolger war GOTTFRIED PREHAUSER.
Ihm folgte JOHANN LAROCHE, der aus dem »Hans Wurst« den »Kas-
perle« machte. Nach LAROCHE kam ANTON HASENHUT, der den

»Thaddädl« spielte, danach IGNAZ SCHUSTER als »Staberl«, schließlich FERDINAND RAIMUND und *Johann Nestroy*. Auch wenn alle diese
Komiker und Schriftsteller nicht über einen Kamm zu scheren sind,
so ist ihnen doch gemeinsam, daß sie verhinderten, daß die für die
deutsche Lustspieltradition schädliche Verbannung des »Hans
Wurst« durch GOTTSCHED auch in Österreich uneingeschränkt
Geltung erhielt. Das Repertoire bestritten vor *Nestroy* und RAIMUND
und zu ihrer Zeit Autoren wie KRINGSTEINER, SCHIKANEDER,
PERINET, HENSLER und als ausgesprochene Zeitgenossen GLEICH,
(»Die Musikanten vom hohen Markt«), MEISL (»Das Gespenst
auf der Bastei«), BÄUERLE (»Die Bürger von Wien« mit dem
»Staberl« als Hauptfigur, der zahllose Nachahmungen erleben
sollte) oder CARL HAFFNER und FRIEDRICH KAISER. Diese Autoren
und zahlreiche andere mußten fast pausenlos arbeiten, um den für
heutige Verhältnisse kaum vorstellbaren Bedarf an Stücken für eine
theaterbesessene Vorstadt zu schreiben. Dem Publikum standen
in den Vorstädten seit 1781 das Leopoldstädter Theater, seit 1786
das Theater an der Wien und seit 1788 das Theater in der Josefstadt
offen. Es bekam ein buntes Kaleidoskop vorgesetzt: Hans-Wurst-
Possen, Kasperliaden, Staberliaden, Lebensbilder, Zauberspiele,
Ritterstücke, Märchen- und Gespensterdramen, Lokalpossen,
Räuberstücke, Rührstücke, Travestien, Parodien, Besserungsspiele,
Singspiele, Quodlibets.

Welche dieser vorgegebenen Gattungen und Konventionen haben Einfluß auf die Posse mit Gesang *Der Talisman*, die schon in der
Spätzeit dieses Wiener Vorstadttheaters entsteht? Die Posse mit
Gesang *Der Talisman* steht in folgendem Zusammenhang: 1840,
als der *Talisman* geschrieben wird, steht Nestroy seit sieben Jahren
nicht nur als Schauspieler sondern auch mit dem Erfolg des »Lumpazivagabundus« (1833) als Autor in der ersten Reihe. Mit dem
»Lumpazivagabundus« gewinnt er der vorgegebenen Gattung des
Zauberspiels ein unverwechselbares Kunstwerk ab. Bis 1840
bröckelt die barocke Zauberspieltradition nicht nur im Werk
Nestroys allmählich ab. Im *Talisman* selbst wird in direkter Weise
nicht mehr gezaubert. Aber Elemente des Zauberspiels, wie das
Motiv des Talisman, wirken sich in der Posse mit Gesang noch
aus.

Nicht nur das Zaubertheater, auch Parodie und Travestie leben in
Wien vor der Abfassung des *Talisman*, auch im Werk *Nestroys*.
Diese Gattungen prägen im *Talisman* die Sprache mit. Freilich erreicht die parodistische Kunst *Nestroys* jetzt noch nicht den Rang
von »Judith und Holofernes« (1849). Die wichtigste Parodie vor
der Entstehung des *Talisman* ist der Angriff auf HOLTEIS Dichter-
tragödie um HEINRICH VON KLEIST: »Lorbeerbaum und Bettel-

stab« als »Weder Lorbeerbaum noch Bettelstab« mit der Figur
des Dichters »Leicht«. — Eine weitere Zugnummer dieser Zeit
sind die Burlesken. Nach dem burlesken Frühstil *Nestroys* spielt
die Burleske für den *Talisman* höchstens noch eine Nebenrolle.
Man muß aber auch auf diese Tradition hinweisen, um zu verstehen,
woher manche Elemente der dem Theaterdirektor CARL auf den
Leib geschriebenen Rolle des *Spund* stammen. In dieser Zeit zwischen
»Lumpazivagabundus« und *Talisman* wird in Wien wie in den
Stücken *Nestroys* viel musiziert und gesungen. In der Regel in der
Singspiel-Tradition, aber auch schon wie im »Lumpazivagabundus« in philosophierenden Liedern, die die Handlungsfiktion durch-
brechen. Im *Talisman* erreichen diese Ansätze ihren ersten Höhepunkt. Auch das Quodlibet, eine lose verknüpfte Opernparodie,
wird in dieser Zeit ständig gepflegt und erfreut sich beim Publikum
größter Beliebtheit. So steht das Quodlibet im *Talisman* ebenfalls
in der Tradition einer gerade lebendigen Kleingattung. In diese
Periode fällt auch der Versuch *Nestroys*, den Forderungen vieler
Kritiker zu entsprechen und stärker die Elemente des sozialen
Volksstücks und des RAIMUNDtheaters aufzugreifen. Wenn *Nestroy*
konsequent seinen Ratgebern gefolgt wäre, dann hätte er schon damals das Werk ANZENGRUBERS vorwegnehmen können. »Zu
ebener Erde und erster Stock oder Die Launen des Glücks« ist ein
Beispiel für die bei *Nestroy* seltene Symbiose von sozialkritischem
Volksstück und Posse. Die sozialkritischen Züge im *Talisman* sind
aus diesen Anstößen mit zu verstehen. Wie schon 1835 im Spiel
auf der zweigeteilten Simultanbühne »Zu ebener Erde und erster
Stock« greift *Nestroy* 1837 im »Haus der Temperamente« auf einer
viergeteilten Bühne dieses alte theatralische Stilprinzip auf. Die
simultane Bühne ist für *Nestroy* freilich nicht nur ein dramaturgischer
Trick, auch in Stücken, in denen keine Simultanbühne aufgeschla-
gen wird, gilt als simultanes Prinzip, »ein und dasselbe Geschehen
auf verschiedenen Ebenen und von verschiedenen Gesichtspunkten
her sichtbar zu machen und sie alle miteinander zu verbinden, so
daß die verschiedensten Erlebnisinhalte einander widersprechen,
aber auch ergänzen und sich unaufhaltsam in eines zusammen-
schließen. Diese Simultanität der verschiedenartigsten Geschehens
gehört unbedingt zu Nestroy, sie ist zu wenig beachtet worden und
verdiente eine Spezialuntersuchung, auch im Zusammenhang mit
dem Barock- und Jesuitendrama«[4]. Diese Simultanität bestimmt auch
die Struktur der Posse mit Gesang *Talisman* mit.

---

[4] Oskar Maurus Fontana im Nachwort zu seiner Nestroyausgabe,
a. a. O., S. 908.

Zur Analyse des Stücks

Schon der Blick auf die Gattungsgeschichte machte deutlich, warum *Nestroy* im Verhältnis zur Vorlage sein Stück anders aufbauen mußte: weil er kein Singspiel mehr schrieb, mußte er die Operettenfunktion der Lieder in der Vorlage zum Sprechgesang seiner Couplets verwandeln, hatte er Anfang und Schluß der Akte anders zu behandeln. Darüber hinaus erfüllte *Nestroy* nicht nur die Forderungen der Gattung, er paßte sich ohne Vorbehalte den Bedingungen seines Wiener Vorstadt-Theaters und eines bestimmten Ensembles an. Das hat zur Folge, daß die Figuren des Vaudeville »verwienert« werden. Diese Übersetzung ins Wienerische äußert sich nicht nur in der Sprache der Figuren, sondern auch in ihren Namen, im Beruf, in Kleidung und Requisiten. *Nestroy* schrieb für eine CARL-Bühne, die für damalige Verhältnisse modern war und mit Ausstattung und Bühnenbildern nicht geizte, er mußte Spielmöglichkeiten für ein im Verhältnis zum Pariser Vaudeville-Theater größeres und in sich differenzierteres Ensemble schaffen. Er dachte beim Ausarbeiten des Stücks nicht an Schattenfiguren der Phantasie, sondern an Schauspieler, an seine Kollegen und an sich selbst. Diese noch außerliterarischen, aber für den Theaterbetrieb typischen Umstände wirken sich auf das Stück aus, vor allem auf die Figuren und das Szenarium. Am Anfang der ersten Werkstatthandschrift, mit der die Verwandlung des »Bonaventure« zum *Talisman* beginnt, dem Szenarium[1], steht daher folgerichtig das Rollenverzeichnis. Allein schon durch die Namensgebung oder die Einführung von Berufen werden aus den Rollen des Vaudevilles Figuren der *Nestroy*bühne und des Wiener Vorstadttheaters. Ehe er im Szenarium zusätzliche Rollen für das größere Ensemble schuf (unter ihnen ist an erster Stelle der Bierversilberer *Spund* zu nennen, der CARL auf den Leib geschrieben wird), »taufte« er zuerst die Figuren. Wer schon mehrere *Nestroy*-Stücke gelesen hat, kann sich allein anhand der Namen und Berufe der Figuren einen Reim darauf machen, welche Rolle sie im Stück spielen. Aus dem »Bonaventure«, in dessen Namen im Französischen »Abenteuer« anklingt, macht er den *Titus Feuerfuchs*. Dabei setzt er wie in vielen Fällen einen fremden, etwas hochtrabend klingenden Vornamen *Titus* mit einem sprechenden deutschen Namen, *Feuerfuchs*, zusammen. Beide Namen deuten auf die Figur hin: *Titus* auf die Titusmode, eine Haartracht, und *Feuerfuchs* sowohl auf die Haarfarbe als auf das Temperament der Gestalt. Der Name paßt außerdem zum Beruf des »vazirenden

---

[1] Das Szenarium (Wiener Stadtbibliothek I. N. 85 599) trägt noch den ursprünglich für das Stück geplanten Titel »Titus Feuerfuchs oder Die Schicksalsperücken«.

Barbiergesellen«, den erst *Nestroy* einführt, während »Bonaventure«
beruflos ist. Als Badergesellen stellt *Nestroy* seine Figur in die euro-
päische Komödientradition, in der Bader, Friseure stets eine große
Rolle spielten, vor allem in der in Wien besonders wirksamen Form
der Oper und des Singspiels, so im »Dorfbarbier« von JOHANN
SCHENK (1769) ebenso wie in ROSSINIS »Barbier von Sevilla«
(1816), der über BEAUMARCHAIS' Vorlage an diese Tradition ange-
schlossen ist; Stücke und Opern, die *Nestroy* kannte[2].

Aus dem Friseur »Leduc« des Vaudevilles macht er den schillern-
den *Monsieur Marquis*, ebenfalls Friseur und Perückenmacher. Die
schriftstellernde Schloßherrin »Madame de Chateau-Gaillard«,
die in der Tradition der schon von MOLIÈRE verlachten Blaustrümpfe
steht, wird zur »literarischen« *Frau von Cypressenburg*. Die ursprünglich geplante Standesbezeichnung Gräfin mußte aus Rücksicht auf
die Zensur wegfallen. Der mürrische Knecht und Maulwurf-
fänger der Gemeinde »L'Ecloppé« (etwa mit »Krummbuckel«
zu übersetzen) heißt bei *Nestroy Plutzerkern* (Kürbiskern) und ist
»Gärtnergehülfe«, der selbst noch Knechte unter sich hat. Aus der
Kammerfrau Justine wird die Kammerfrau *Constantia*, die zunächst
im Szenarium auch einen passenden Familiennamen, nämlich
Inseits, erhielt, der im fertigen Stück nicht wiederkehrt. Die rote
Jeanne nimmt *Nestroy* als *Salome Pockerl* in seine Figurenfamilie auf.
Ihre französische Schwester ist Truthahnhüterin, sie Gänsehüterin.
Truthahn bedeutet aber Salomes Familienname *Pockerl*. In der
Jeanne schimmert die im 18. Jahrhundert in Rokoko-Spielen auf-
tretende naive Schäferin stärker durch als in der *Salome*. Dafür hat
Nestroy die an die Märchen erinnernden Züge von Gänseliesel und
Aschenputtel verstärkt. Die Gärtnerin Larose enthält den einer
Gärtnerin gemäßen Namen *Flora Baumscheer*, bei dem wie bei *Titus
Feuerfuchs* und *Salome Pockerl* der Kontrast zwischen dem Vornamen
und dem sprechenden Familiennamen eine barocke Spannung er-
zeugt, die in der *Nestroy*nachfolge HERZMANOVSKY-ORLANDO zu
skurilen Formen steigerte[3].

Darüber hinaus schuf *Nestroy* für das größere Wiener Ensemble
eine Anzahl Nebenrollen, die zugleich den Effekt machen, das
schlanke, klassizistische Profil des Vaudeville barocker, der Wiener
Tradition angemessener zu machen. Der größere Reichtum an

---

[2] Nestroy hat selbst in Schenks Oper den Barbiergesellen Adam gespielt.
[3] Fritz Herzmanovsky-Orlando, Lustspiele und Ballette, München 1960,
aus dem Lustspiel »Kaiser Joseph und die Bahnwärterstochter« beispielsweise: »Gräfin Primitiva von Paradeyser«, »Lucretia von Landschad«,
»Ignazette Freiin von Zirm, nee Scheuchengast, aus dem Hause Scheu-
chengast-Scheuchengast, fälschlich Eynöhrl genannt«.

Figuren erklärt mit die unverwechselbare Eigenständigkeit des *Talisman* gegenüber dem »Bonaventure«. Die Bauernburschen und -mädchen der ersten Szenen des ersten Aktes sind ebenso wichtig wie die falschen Gärtnerknechte am Anfang des zweiten, wie die »literarische Gesellschaft« mit dem bezeichnend *Herrn von Platt* genannten Sprecher (der Herr von Knodd taucht leider nur im Szenarium auf), wie die Domestiken *Konrad* und *Georg* und die Tochter *Emma* der *Frau von Cypressenburg.* Sie alle stehen auf einer jeweils höheren Stufe für die Gesellschaft, die die beiden rothaarigen Außenseiter ausschließt und die schließlich dennoch von den Außenseitern lächerlich gemacht und überwunden wird. Als *Nestroy* diesen Rollenbestand festlegte und als er sich an die Gestaltung der Figuren machte, hat er mit Absicht für die schauspielerische Eigenart des CARL-Ensembles gearbeitet, in erster Linie für sich als Akteur, aber auch für GROIS, CARL, die ROHRBECK, die FEHRINGER. Gewisse Unterschiede zwischen den Figuren des Vaudeville und des *Talisman* resultieren daher, zumal auch DUPEUTY für ein bestimmtes Ensemble schrieb.

In den beiden Hauptrollen stehen sich die »Stars« ihrer Theater, der Pariser ARNAL und *Nestroy* gegenüber. ARNAL (1794—1872) war älter als *Nestroy*, robuster, konnte eher wie mancher Partner *Nestroys* durch trockene Schlagfertigkeit glänzen, weniger durch Wortartistik und Zungenfertigkeit. Oft ist ARNAL der ruhende Pol und seine Partner wirbeln um ihn herum, während *Nestroy* ruhigere Partner wie WENZEL SCHOLZ oder GROIS brauchte. Dementsprechend redet *Titus* häufiger als »Bonaventure«, er spricht mehr in Monologen und öfter beiseite. Einerseits ist der Monolog und das die Illusion der Handlung durchbrechende Beiseitesprechen eine Eigenart der *Nestroyschen* Posse mit Gesang, andererseits hat aber der für den Schauspieler *Nestroy* schreibende Autor *Nestroy* bewußt Gelegenheiten geschaffen, bei denen er als Sprachartist glänzen konnte. Die jeweils ersten Auftritte der beiden Hauptfiguren weisen auf die Unterschiede zwischen ARNALS und *Nestroys* Komik hin: *Nestroy* hatte sich eine auf die Wirkung der Sprache und des Couplets angewiesene Technik des ersten Auftritts entwickelt, der zudem um der Spannung des Publikums willen gern hinausgezögert wurde. Gegenüber *Nestroys* raffiniertem ersten Auftritt, des zugleich aggressiven wie reflektierenden Couplets, erscheint ARNAL als Bonaventure weniger zornig und weniger geistreich zum ersten Male auf der Bühne. Mit der Bestimmtheit des *Nestroyschen* Kollegen GROIS zahlt er mit gleicher Münze seinen Beleidigern zurück: »Selbst Karotte.« ARNAL scheute nicht vor handgreiflichem Getümmel, auch nicht vor einer Bühnenschlägerei zurück. *Nestroy* vermied nach seinem grotesken Jugendstil möglichst Szenen wie sie ARNAL im »Bonaventure« spielen mußte: Getümmel, Rauferei, Sprung aus dem Fenster.

In der Rolle des Gärtnerknechts stehen sich AMANT und GROIS gegenüber. In dem Fall verhält es sich umgekehrt wie bei den Spielern der Hauptrolle. GROIS ist derber, AMANT sensibler. Für GROIS schrieb *Nestroy* oft stereotype Redensarten, die ihn marionettenhaft erscheinen ließen, aber auch etwas hinterhältig. Gerade diese Eigenschaft fehlt aber der Rolle AMANTS, der aus großen, leicht traurigen Augen in die Welt blickte. Der Ecloppé ist gefühlsbetonter, er ist sogar noch erotisch an der Gärtnerin interessiert. Diese Merkmale nimmt *Nestroy* für GROIS zugunsten hinterhältiger, zwiespältiger Züge und einer scheinbaren Gutmütigkeit zurück. Das Ende der 9. Szene des 3. Aktes scheint direkt für das schauspielerische Phlegma von GROIS gemacht zu sein:

»FLORA. Nachlaufen hab ich g'sagt, g'schwind!

PLUTZERKERN. *Indem er langsam hinter der Gärtnerwohnung abgeht.* Ich werd' schau'n, daß ich ihn einhol' — glaub aber net. *Ab.*«

Den drei männlichen Rollen stehen im Vaudeville vier Frauenrollen gegenüber. Wenn auch die Ansicht ROMMELS[4] unzutreffend ist, daß in der Vorlage die Frauentypen außer der Gutsherrin identisch seien, so ist doch richtig, daß *Nestroy* bei den Frauengestalten wirksamer differenzierte als DUPEUTY. Erleichtert wurde diese Ausgestaltung dadurch, daß im Wiener Ensemble ein größerer Reichtum an Temperamenten herrschte. Außer der literarischen Gutsherrin waren in Paris die drei anderen Frauenrollen mit gleich jungen und reizenden Soubretten besetzt. In Wien dagegen galt die Darstellerin der *Flora Baumscheer, Nestroys* Lebensgefährtin WEILER, bei der Uraufführung des *Talisman* gerade noch als Soubrette; sie ging aber bald ins ältere Fach über. Die AMMESBERGER als Kammerfrau mag noch am meisten der Pariser BALTHAZAR entsprochen haben. Die ROHRBECK als *Salome* und die DOCHE als *Jeanne* sind unterschiedliche Typen. Die ROHRBECK ist schon reifer und beherrscht als Schauspielerin eine breitere Ausdrucksskala. Am ähnlichsten müssen sich nach den Bildern und zeitgenössischen Kritiken die GUILLEMIN und die FEHRINGER in der Rolle der überspannten Adeligen gewesen sein.

Diese Unterschiede zwischen den Schauspielerinnen in Paris und Wien spiegeln sich in den weiblichen Figuren beider Stücke wider. So ist Larose noch begehrenswerter als *Flora*. Was der WEILER an

---

[4] Rommel, Hist.-Krit. Ausgabe, a. a. O., Bd. 10, S. 623.

Reizen gebrach, machte sie durch Gesangskünste wett. Das Quodlibetterzett im *Talisman* wurde vor allem auch ihr zuliebe geschrieben. Im Gegensatz zu »Larose« steht auch *Flora Baumscheer* schon an der Schwelle zur komischen Alten. Dem entspricht die schauspielerische Entwicklung der WEILER, die schon 1842 als Frau Körndlbach in den »Papieren des Teufels« als komische Alte auftritt. Am greifbarsten ist die Auswirkung der Unterschiede zwischen den beiden Hauptdarstellerinnen. Madame DOCHE, erst 1821 geboren, war als 19jährige in der Rolle der *Jeanne* ein zerbrechliches, liebenswürdiges Geschöpf, das nicht viel mehr zu tun brauchte als aufzutreten, um schon das Publikum gefangen zu nehmen. Ihr Spiel mag eine Erinnerung an die Schäferdamen des Rokoko geweckt haben. Die ROHRBECK dagegen wäre mit einem anderen Attribut zu charakterisieren: Sie wirkt eher barock, rundlicher, fraulicher, bajuwarisch. Sie kann von der Liebesszene als sanfte Colombine des Hans Wurst bis zu einem Knaben in *Nestroys* »Die schlimmen Buben in der Schule« auf einem weiten Feld spielen. Für die ROHRBECK konnte die Rolle nicht wie bei der Französin so unkompliziert auf taufrischen Charme angelegt werden, es mußten herbere und differenziertere Züge eingefügt werden. Es wurden für die ROHRBECK auch komödiantische Töne angeschlagen, die der Jeanne fehlen, beispielsweise, wenn sie im Quodlibetterzett die »Sangesweise des Herrn Nestroy«[5] nachahmte.

Nicht nur die Figuren unterscheiden sich. Sie werden von *Nestroy* anders in Szene gesetzt.

Im Szenarium des ersten Aktes faßt *Nestroy* den ersten und einen Teil des zweiten Aktes des »Bonaventure« zusammen. Er schreibt eine Verwandlung vor und schafft zwei Bilder, den Dorfplatz und *Floras* Zimmer, das bei DUPEUTY fehlt. Die Handlung und die Motive des „Bonaventure" kehren im Szenarium des *Talisman* wieder. *Nestroy* erweitert sie aber um den Eingang und den Schluß des Aktes, die Szenen der Bauernburschen und -mädchen und der Gärtnerknechte, die seinem Stück eine soziologische und psychologische Vertiefung gegenüber der Vorlage geben. Einer der wichtigsten Kunstgriffe ist, die *Titus* suchende *Salome* nicht schon bei der Gärtnerin auftreten zu lassen. *Nestroy* verschiebt diese Suchszene auf eine nächst höhere Bühnenebene, in das Schloß im 2. Akt. Er läßt *Salome* im Gegensatz zur Vorlage *Titus* erkennen, ohne daß sie den durch die Perücke Verwandelten verrät. An neuen Motiven führt er schon im 1. Akt das Geld ein, das im 3. Akt das zentrale Thema werden soll, das goldene Kalb, um das die Figuren schließ-

---

[5] Zeitgenössische Kritik, zitiert nach Rommel, Hist.-Kritische Ausgabe, a. a. O., Bd. 10, S. 635.

lich mehr tanzen als um die Macht der Masken und Kleider, des Scheins. Das Geld ist ein Motiv, das bei DUPEUTY weniger ausgefaltet wird. *Nestroy* läßt die Gärtnerin und die Kammerfrau wetteifern, *Titus* mit ihrer Geldbörse auszuhelfen. Ebenfalls schon im ersten Akt läßt er in den Kleidern des verstorbenen Mannes von *Flora* die alte graue Perücke finden, das Requisit mit dessen Hilfe im dritten Akt das von DUPEUTY vorgebildete Spiel mit der dunklen und der blonden Perücke leise parodiert wird. Das Szenarium des zweiten Aktes entspricht auf weiten Strecken der Handlung des »Bonaventure«. Abermals wird das Szenenbild gewechselt. Ein Teil der Handlung spielt im Vorzimmer, die Erhöhung des *Titus* zum Sekretär, zum »intellectuellen Zuseitensteher« und die Entlarvung findet im Salon der Gutsherrin selbst statt. Damit läßt *Nestroy* wieder in einem Akt oben und unten, drinnen und draußen im Szenenbild in Beziehung treten, die Erinnerung an die Simultanbühne wird wach. Überdies unterbricht er auch im 2. Akt den glatten Ablauf der Handlungsfiktion, wie sie durch den »Bonaventure« vorgezeichnet ist, durch Monolog und Couplet. Als ein Nachfahre des ARISTOPHANES desillusioniert er längst vor BRECHT. Ebenfalls nicht durch DUPEUTY vorgegeben sind die Gärtnerknechte, die am Anfang des zweiten Aktes wieder auftreten und sich vom neuen Gärtner *Titus* Getränke spendieren und zugleich von *Plutzerkern* verführen lassen, Pläne gegen *Titus* zu schmieden. Auf den Gewinn, den die veränderte Inszenierung der Szene mit der *Titus* suchenden *Salome* brachte, wurde schon beim Szenarium des ersten Aktes hingewiesen. Um retartierende Momente zu gewinnen und die Handlung dem größeren Wiener Ensemble entsprechend zu verspreizen, führt er die Tochter der *Cypressenburg*, *Emma*, ein. *Nestroy* hebt nun das Spiel auf die nächst höhere gesellschaftliche Ebene, die pseudoliterarische Teegesellschaft. Dadurch wird Gesellschafts- und Literaturkritik (gegen die Zwitterform des »Lebensbildes« von FRIEDRICH KAISER) zugleich ermöglicht, die bei DUPEUTY fehlt. Auf dieser Ebene der »Damen und Herren«, die in nichts den bösartigen Bauern und Gärtnern nachstehen, spielt sowohl der Höhepunkt der Karriere von *Titus* als auch seine Entlarvung als Rotkopf. Bei DUPEUTY bleibt dieses Spiel im Vorzimmer. Entscheidend ist der Eingriff in die Inszenierung des Aktschlusses. Im Vaudeville entkommt Bonaventure nach einer Schlägerei mit den Bedienten durch das Fenster. *Nestroy* dagegen ironisiert und parodiert das Literarische noch einmal, indem er seinen Helden mit Worten statt mit den Fäusten zurückschlagen läßt: *Der Zorn überweibt Sie*, mit gemimter und von GRILLPARZER geborgter Dramatik geht er gesenkten Hauptes ab: *Das ist Ottokars Glück und Ende*. Er stiftet dadurch größere Verwirrung als sein Vorbild »Bonaventure«.

Das Szenarium des 3. Aktes ist fast vollständig *Nestroys* Erfindung. Im Vaudeville hat Bonaventure aus eigenem Antrieb die Uniform aus der Garderobe des Grafen ausgezogen und wieder seine alten Kleider angezogen. Er steigt auf einer Leiter über die Schloßmauer und deutet diesen Abstieg als Symbol für seine Karriere. Draußen trifft er Jeanne wieder, die trotz Regen und Sturm schon 24 Stunden auf ihn wartete. Er fühlt sich nun ihrer Liebe nicht würdig, seine Reue treibt ihn zu Selbstbeschuldigungen. Da wird unter Trommelwirbel sein Name ausgerufen. Bonaventure rennt zum Fluß und will sich das Leben nehmen. Der Friseur Leduc, den ja zuvor schon Bonaventure gerettet hatte, vergißt die Eifersucht und eilt zum Wasser, bringt ihn zurück und sagt ihm, daß er von einem Onkel 20000 Franc geerbt habe. Nun finden selbst die Gärtnerin und die Kammerfrau den Rotkopf begehrenswert, der aber entscheidet sich für die treue rothaarige Jeanne. Beide wenden sich in einem Schlußduett auch an das Publikum und bitten es um Beifall und laden es ein, in neun Monaten Pate zu sein[6]. *Nestroy* läßt das Spiel im dritten Akt nach der Bewegung des 2. Aktes erst in einer Reflexion des *Titus* über den Glückswechsel zur Ruhe kommen. Diesen Monolog unterbricht eine der Figuren, mit denen *Nestroy* die Statisterie individualisiert, der Diener *Georg*, der die Kleider zurückfordert.

In der 4. Szene führt er zum ersten Male den Bierversilberer *Spund* auf die Bühne. *Nestroy* inszeniert, wovon DUPEUTY zum Teil nur spricht; insofern wird *Nestroy* dem Theater gerechter. In der 7. Szene deutet sich der Umschwung an. *Titus* wird nun wieder übertrieben höflich behandelt. Da faßt er in der 8. Szene den Entschluß, seine Abschiedsvisite mit der grauen Perücke zu machen. Aus dem Behandelten wird wieder ein Handelnder. Das Spiel zwischen Schein und Sein beginnt von vorn, während es in der Vorlage auf das »happy end« zueilt. Als sich bei den Frauen, die eben noch Titus wegen seiner roten Haare verschmäht haben, herumspricht, daß er einen reichen Onkel hat, weckt er plötzlich wieder Interesse. Die Gärtnerin will sich stellen, als ob Reue und Liebe sie erfüllten. In diesem Moment, in dem *Titus* mit der grauen Perücke, *Flora* um des Geldes willen zur Täuschung bereit sind, löst sich die Handlungsfiktion abermals auf, um einem Spiel im Spiel Platz zu machen, dem Quodlibet-Terzett. Nach dieser musikalischen Spiegelung der ganzen Handlung, einem kunstvollen Fiktionsbruch, der zugleich die

---

[6] Auch der »Bonaventure« steht in der Tradition, ihm fehlt die Sexualpointe keineswegs, wie Rommel behauptet. Er endet mit folgenden an das Publikum gerichteten Versen: »Et puisse le public, enfin, Dans neuf mois servir de parrain«.

neue Fiktion einer Opernparodie inmitten der Posse mit Gesang erzeugt, findet die Handlung, nun bewegt von einem mächtigeren Talisman, dem Geld, nochmals auf der Oberbühne, im Schloß, statt. Sie wird mit Hilfe der grauen Perücke wie durch einen Hohlspiegel gesehen. *Titus* begründet in halsbrecherischer Logik und sprachlicher Übermacht seinem reichen und einfältigen *Herrn Vetter*, wieso er über Nacht grau geworden ist. Zum Ende dieses Spieles wird freilich die Macht der Talismane, des Geldes und der Perücken, nur noch mit halber Kraft aufrechtgehalten. *Titus* faßt den Entschluß, nicht in einer Maske, durch den Betrug der grauen Haare, seinem Onkel das Geld aus der Tasche zu ziehen. Als alle Frauen, die an ihm nur als potentiellem Universalerben interessiert sind, auf der Bühne versammelt sind, demaskiert sich *Titus,* nachdem die unverfälschte *Salome* mit der Wahrheit herausgeplatzt ist. Das Schema der über die commedia dell'arte und in Wien speziell über die Hans-Wurst-Spiele und Kasperliaden weitergegebenen Komödientradition wird erfüllt: trotz aller Hindernisse finden sich die beiden Rothaarigen und geben ihrer Hoffnung auf Kinder Ausdruck.

Nestroy erweitert nicht nur das Szenarium, er geht auch mit den aus dem Vaudeville übernommenen Motiven schöpferisch um. Insgesamt läßt sich bei den Motiven wie bei der Inszenierung des Stoffes sagen, daß *Nestroy* ausbaut und unersetzbar macht, was im »Bonaventure« nur angeschlagen wird und durch andere Motive ersetzbar wäre. Am deutlichsten wird das beim Motiv des »Literarischen«. Die Gräfin im Vaudeville könnte ebensogut eine dilettantische Malerin oder wie in SUTERMEISTERS[7] Oper nach dem *Talisman* eine Komponistin sein. Im Vaudeville geht es lediglich um die Übernahme des durch MOLIÈRE populären Motivs der gelehrten Frauen. Im *Talisman* ist dieses Motiv so wichtig, daß darum neue Sprache gebildet wird, die »Literarische«, deren sich *Titus* bedient, und Handlung inszeniert wird, die lächerliche »Theegesellschaft«. Tauschte man im *Talisman* das Motiv des Literarischen gegen ein beliebig anderes aus, zerstörte man mindestens zwei der besten Szenen, die 17. Szene und 24. Szene des 2. Aktes. Das gleiche gilt für das Motiv des Talismans selbst. Es gewann unter *Nestroys* Hand seinen unverwechselbaren Charakter. Zwar fällt das Wort »talisman« schon im »Bonaventure«, um die Wirkung der Perücke zu glossieren. Sicher ist *Nestroy* durch dieses Wort angeregt worden. Dem »talisman« des Vaudeville fehlen aber fast ganz die Eigenschaften des Talisman bei *Nestroy*. Er stellt den Talisman in die

---

[7] In Sutermeisters Oper wird sie im Personenverzeichnis als »Die verwitwete Gräfin Cypressenburg, dilettierende Komponistin ... Alt« eingeführt.

Tradition des Wiener Volkstheaters. Nestroys Talisman gewinnt
schon dadurch eine veränderte Evokationskraft. Den Wienern waren
Talismane aus der eben ausklingenden Epoche des Zaubertheaters
vertraut, auch als Titel von Stücken[8]. Auf die Erwartungen, die diese
Tradition weckte, mag *Nestroy* gebaut haben, als er den ursprünglich
geplanten Titel änderte. Das Stück sollte zuerst *Titus Feuerfuchs oder
Die Schicksalsperücken* heißen. Allein diese Änderung mag verdeut-
lichen, welchen großen Wert der Autor dem Motiv beilegte. Dabei
vergrößerte er nicht nur die Macht der Perücken, er maß ihnen
zugleich eine andere Funktion bei, die die Talismane oft im Wiener
Volkstheater haben, nämlich durch ihren Besitz die Wahrheit erkennen zu können, wie beispielsweise in RAIMUNDS »Der Diamant
des Geisterkönigs«. Noch nach *Nestroys Talisman* lebt in LUDWIG
FULDAS gleichnamigen Stück[9], das das Märchen von des Kaisers
neuen Kleidern dramatisiert, diese Funktion der Talismane weiter.
    Ähnliches ist von den anderen Motiven zu sagen, vom Geld, von
den Kleidern. *Nestroy* spielt mit der Macht und Ohnmacht des
Geldes, während DUPEUTY nur vom Geld reden läßt und der reiche
Onkel im Hintergrund bleibt, nicht einmal als rettender Deus ex
machina auftritt. *Nestroy* bereitete das Spiel um das Geld, das den
3. Akt prägt, schon im 1. Akt vor. Auch das Motiv des Kleider-
wechsels (»Kleider machen Leute«) vertieft *Nestroy* und nutzt es
metaphorisch. Die Kleider im *Talisman* und ihr Wechsel haben etwas
zu tun mit dem Verfließen der Zeit, jenem *langen Schneidergʼsell, der
in der Werkstatt der Ewigkeit alles zum Ändern kriegt*. Der Tod, der
Nestroy zeitlebens ängstigte, der mit dem Verfließen der Zeit unaufhaltsam näherrückt, spielt nicht nur im *Talisman* eine Rolle, die dem
ungetrübteren Vaudeville fehlt. Das Spiel um den Tod ist nicht nur
ein in *Nestroys* Werken weitergeführtes barockes Motiv, es entspricht zugleich psychologischen und religiösen Problemen seiner
Persönlichkeit. *Nestroy* wie DUPEUTY gemeinsam ist die aufkläre-
rische Tendenz gegen die abergläubischen Vorurteile gegen rote
Haare. In dieser Hinsicht sind die beiden Stücke auch volkskundlich
aufschlußreich. Rot kann für einfache Menschen durchaus einen

---

[8] Wenn man im Katalog des Leopoldstädter Theaters in der Theatersammlung der Wiener Nationalbibliothek blättert, stößt man immer
wieder auf Talisman-Stücke: 1834 war der »Raub der Talismane« von
Schadetzky erfolgreich, 1836 wurde vom gleichen Autor »Der vertauschte
Talisman« gegeben, schon 1789 wurde in Wien »Il talismano« gespielt,
im gleichen Jahr »Der Talisman, Ein Singspiel nach dem Italiänischen des
Goldoni«, frei übersetzt von Ferdinand Eberl.
[9] Ludwig Fuldas gleichnamiges »dramatisches Märchen in vier Auf-
zügen« erschien 1893 bei Cotta in Stuttgart. In dem Stück heißt es ausdrücklich: »Der Mut der Wahrheit ist der Talisman«, a. a. O., S. 143.

schönen Charakter haben. Wie in der russischen Sprache, in der rot und schön gleichlautend »krasny« heißen, ist für die beiden Hirtinnen Jeanne und *Salome* »rot« gleich »schön«, auch die roten Haare ihrer Partner. Daß rot und gold oft gleichgesetzt werden, so auch in der Welt der Märchen, drückt im Vaudeville Bonaventure aus, der beim ersten Anblick der rothaarigen Jeanne ausruft: »la belle aux cheveux d'or«. Jeanne sagt beim Anblick des rothaarigen Bonaventure: »oh, le beau Rouge«. Auch *Salomes* Preisgesang auf die Schönheit des Roten knüpft hier an. Zugleich und wahrscheinlich noch kräftiger hat sich im Volksglauben ein mächtiges Vorurteil gegen Rothaarige festgesetzt, das *Nestroy* anschaulicher als DUPEUTY in den Szenen mit den Bauernburschen und -mädchen inszeniert hat. Gerade in einer solchen geschlossenen dörflichen Gesellschaft konnte der Aberglaube manchmal sogar lebensgefährliche Folgen für die Rothaarigen haben, da beispielsweise die Hexen auch an den roten Haaren erkannt wurden. Der Teufel und Judas Iskariot, aus dem die Volksetymologie, wie sie noch ABRAHAM A SANCTA CLARA ausnutzte, »is gar rot« heraushörte, sollten rote Haare haben.

Der größte Abstand zwischen *Talisman* und »Bonaventure« besteht in Sprache und Stil. Dennoch wäre es falsch, über der berechtigten Bewunderung für den Sprachkünstler *Nestroy* zu vergessen, daß der *Talisman* auch sprachliche Anstöße seiner Vorlage verdankt. Noch weit wichtiger für Sprache und Stil des *Talisman* ist, daß viele Entwürfe und Einfälle unmittelbar im Zusammenhang mit der Inszenierung in der Szenarium-Handschrift entstanden sind. Es ist von dieser Entstehungsgeschichte her eine Tendenz zu beobachten, die im Gefolge von KARL KRAUS[10] zu leicht übersehen wird, daß Sprache aus der Inszenierung heraus entsteht und erst auf der Bühne ihre Vollendung erfährt. Dieser Prozeß in der Sprache *Nestroys* läßt sich veranschaulichen, wenn man die bisher unveröffentlichten Entwürfe mit den fertigen Dialogen vergleicht. Es ist ein Weg vom Papier auf die Bretter des Theaters. Im Gegensatz zu immer noch verbreiteten Ansichten schadet das Theater der Sprache im *Talisman* nicht. Wenn man die Entwürfe mit den endgültigen Texten vergleicht, lassen sich einige Kunstgriffe erkennen, die Eigenarten der *Nestroy*schen Sprache erklären:

Die Sprache wird durch mündliche und außerliterarische Formen angereichert und dadurch bühnengerechter, durch Einfügung von Dialektworten, Floskeln, Sprichwörtern und Redensarten. Dadurch wird die für *Nestroys* komödiantische Sprache entscheidende Spannung zwischen verschiedenen Ebenen und Stilen belebt. Zum

---

[10] Brills Dissertation steht in relativ unkritischer Gefolgschaft zu Karl Kraus. Vgl. Hillachs Polemik gegen diese Einseitigkeit: Hillach, a. a. O., S. 7f. und S. 14ff.

Beispiel: Im Entwurf für die 8. Szene im 1. Akt fragt *Salome Titus* nach der Ursache der Enterbung: »Haben Sie ihm was getan?« Demgegenüber heißt es im endgültigen Text: *Haben Sie ihm vielleicht was gethan, daß er Ihnen net mag?* Durch den Einschub des Füllsels »vielleicht« klingt die Sprache mündlicher, durch wienerische Melodie und Grammatik *daß er Ihnen net mag* entspricht sie erst der naiven und herzlichen Salome. Ein anderes Beispiel aus der Sprache der *Salome*: Im Entwurf meint sie hochsprachlich und steif: »Da läßt sich ja abhelfen.« Im *Talisman* verändert die Sprache ihre Qualität vor allem durch das österreichische Wort »ein Brot« für Beruf. Salome sagt im Stück: *also handelt es sich um ein Brot? Na, wenn der Herr arbeiten will, da läßt sich Rath schaffen.*

Nestroy benutzt nicht nur den Dialekt, sondern auch die verfeinerte und mit Fremdwörtern verschiedenster Provenienz durchsetzte Redeweise der Wiener I. Stadt, des Bezirkes, in dem er geboren wurde. In einer Randnotiz zum Szenarium des 1. Aktes wird für eine Erwiderung des *Titus* auf *Salome* noch in Alltagssprache niedergeschrieben: »aus Nothwendigkeit in mich verliebt«. Dies ist der Anstoß für eine der charakteristischen Wortprägungen *Nestroys*: *nolens volens Leidenschaft.*

Der Autor schöpft nicht nur aus den verschiedenen Abtönungen des Wienerischen, er setzt auch bewußt das Hochdeutsche ein. Er spielt mit den Kontrasten zwischen der hochgestochenen Redeweise, wie sie sich oft bei den Figuren aus dem Umkreis der *Frau von Cypressenburg* (*Constantia* und *Marquis*) bemerkbar macht und einem stilisierten Dialekt. Die Hochsprache muß vor allem zur Parodie herhalten, besonders in der Sprache von *Titus Feuerfuchs.* Auch wenn Falschheit ausgedrückt werden soll, wird eine dem Hochdeutschen angenäherte Umgangssprache gesprochen, als *Plutzerkern* die Gärtnerin in der 3. Szene des 2. Aktes scheinheilig fragt: *Ich begreif nicht, wie Sie's übers Herz bringen, diese guten Menschen in ihrem unschuldigen Vergnügen zu stören!* Das Wechseln der Tonarten erfordert vom Schauspieler wie vom Zuhörer Sensibilität. Ist das Ohr erst einmal auf die verschiedenen Sprachstile eingestellt, dann bemerkt es beim plötzlichen Wechsel eine künstlerische Absicht, beim Verwenden des »Schriftdeutschen« oftmals die der Parodie und der Ironie.

Der parodistische Bezug ist heute nicht mehr so leicht zu erkennen wie bei der Uraufführung 1840, beispielsweise, wenn der dumme *Spund* den durch ein Drama und eine Oper damals populären oströmischen Feldherrn Belisar für einen *Bierversilberer* hält. Wie wichtig für *Nestroy* selbst die Einarbeitung parodistischer Elemente in seine Sprache war, zeigt, daß er den Belisar-Einfall gleich zweimal in der Szenarium-Handschrift notierte. Rascher ist diese Eigenart seiner Sprache zu erkennen, wenn die Beziehung zu bekannteren Werken

hergestellt wird, zu GRILLPARZERS Dramentitel »König Ottokars
Glück und Ende«. Auch dieser Grundzug der Nestroyschen Sprache
ist auf dem Weg von den Entwürfen zum fertigen Text verstärkt
worden. So heißt es im Entwurf für die 18. Szene des 3. Aktes:
»Da seh ichs blitzen«, (gemeint ist die Schere zum Zopfabschneiden)
aber erst im Talismantext wird KOTZEBUE parodiert: Is denn keine
Rettung? Es muß blitzen! Die parodistische Sprache findet ihren Höhepunkt in der 23. und 24. Szene des 2. Aktes. Nun wird Parodie auch
inszeniert. Nestroy spottet in diesen Szenen nicht nur über FRIEDRICH
KAISERS »Lebensbild«, er nimmt auch die literarischen Damen-
salons im Gefolge der Romantik aufs Korn. Sein Spott gilt ebenso
den Rührstücken, die er der Bewegung, die eine Tragödie wie der
»Othello« bewirkt, entgegenstellt: Drum kommt auch eine große Seele
langmächtig mit ein' Schnupftüchel aus, dagegen brauchen die kleinen, guten
Ordinariseelerln a Dutzend Facinetteln in einer Komödie!

Daß Nestroy seine Sprache rhetorisch und aphoristisch schmückt,
ist wohl jedem bewußt, der einmal eines seiner Stücke gesehen hat.
Dennoch wäre es falsch, bei der Analyse der Sprachkunst Aphorismen isoliert zu betrachten. Abermals zeigt die Entstehungsgeschichte, daß die Aphorismen nicht aus dem Zusammenhang der Theatersprache und der Inszenierung gelöst werden können. Den Aphorismen wird durch ihre Einbettung in die Theatersprache keineswegs
geschadet. Durch das Heranziehen der Entwürfe läßt sich dieses
»Dialogisieren« der Sprache veranschaulichen. An den Rand des
Szenariums für den 2. Akt notiert Nestroy einen Aphorismus: »Ein
großes Unrecht, was man dem Ehestand anthut. Daß man nur die
verstorbenen Männer die seligen heißt. Ich bin weiser, der Lebende
ist selig.« Dieser Aphorismus wird im Talisman zur Dialogsprache
verwandelt: TITUS. Hören Sie auf, nennen Sie nicht den Mann selig, den
der Taschenspieler „Tod" aus ihren Armen in das Jenseits hinüberchangirt hat!
Nein, der ist es, der sich des Lebens in solcher Umschlingung erfreut! O
Constantia! — Man macht dadurch überhaupt dem Ehestand ein sehr
schlechtes Kompliment, daß man nur immer die verstorbenen Männer, die
ihn schon überstanden haben »die Seligen« heißt. (II, 7). Einer der Gründe
für die evidente Verbesserung des Aphorismus ist die Wendung
zum Dialogpartner hin durch Einschübe wie O Constantia, Hören
Sie auf oder Nennen sie nicht den Mann selig. (Freilich ist damit nicht die
ganze Verbesserung erklärt. Genauso wichtig ist das Auftauchen des
Todesmotivs.) Im Szenarium hatte Nestroy folgenden Aphorismus notiert: »Einem Schriftsteller darf man nur schmeicheln, so sagt er
gleich, der Mann verstehts«! Der Satz wird im Talisman (II, 9) zu
komödiantischer Sprache: TITUS. Kinderei! Wenn ich auch nichts von der
Schriftstellerei weiß, von die Schriftsteller weiß ich desto mehr. Ich darf nur
ihre Sachen göttlich finden, so sagt sie gewiß: Ah, der Mann versteht's

— *tiefe Einsicht* — *gründliche Bildung!* Durch den Ausruf *Kinderei* und durch das Zitat *Ah, der Mann versteht's . . .* wird der Aphorismus zur Bühnensprache, allein schon dadurch, daß der Spieler des *Titus* die Möglichkeit hat, mit dem Zitat die *Cypressenburg* nachzuahmen.

Ein weiterer charakteristischer Zug der Komödiensprache *Nestroys* ist die Differenzierung in Sprachrollen, die Fähigkeit, sich sprachlich zu maskieren. Dadurch werden die Dialoge belebt und witzig, wenn sich Vertreter zweier Sprachhaltungen gegenüberstehen. Vor allem die *Nestroy*rolle, *Titus Feuerfuchs*, wechselt die Tonarten und spielt mit der Sprache. Er spricht in einer Mischung aus überlegener Ironie und Mitgefühl zu der auch zur naiven Sprache fähigen *Salome*, er zieht vor der *Cypressenburg* seinen *Alletagsworten* ein *Feiertagsg'wand'l* über, und er redet vor *Spund* über die graue Perücke als Aufschneider, der einem Dummen das Unglaubhafte glaubhaft machen kann. Auch der Dialog zwischen *Salome* und dem sich in formelhaften Reden selbstenthüllenden *Spund* lebt von der Kontrastwirkung der Stimmführung. Für den Zuschauer besteht der besondere Genuß darin, daß sich der Autor oft mit ihm verständigt, welche Sprachmaske gerade einen Dialog prägt. Dieses Hineinschlüpfen in Sprachrollen erleichtert sich *Nestroy* durch systematische Arbeit. Er nutzt konsequent die Requisiten und die Berufe seiner Figuren aus, um Metaphern aus den jeweiligen Bereichen, aus der Gärtnerei oder aus den Kleidern, zu gewinnen. Dabei geht es nicht um die naturalistische Nachahmung etwa der Gärtnersprache. Genauso konsequent wie Metaphernbereiche werden Wortfelder untersucht. Diese semantische Systematik geht manchmal so weit, daß sich *Nestroy* in der Werkstatt mit einer Worttabelle hilft, beispielsweise bei der Arbeit an der 17. Szene im 2. Akt, in der *Titus* seine Halbbildung charakterisiert. *Nestroy* bildete tabellarisch ein Wortfeld mit verschiedenen Fächern und ein anderes um Formen des Wissens. Mit dieser Systematik hängt das Abhorchen der Sprache auf alle möglichen Bedeutungen eines Wortes zusammen, um die Worte zweideutig-witzig zu gebrauchen, indem man sie beim Wort nimmt. Das ist ein Prinzip, welches schon die Hans-Wurst-Sprache mit kennzeichnete.

Die Anmerkungen zu Sprache, Stil und Szenarium haben schon mehrfach Hinweise auf die Struktur der dreiaktigen Posse mit Gesang gegeben. Das Stück wird durch Bedingungen der Gattung strukturiert, es steht am Übergang vom Singspiel zur Posse mit Gesang. Noch aus der Singspieltradition stammen die kurzen Chöre: der Bauern in der 1. Szene des 1. Aktes, der Gärtnerknechte am Ende des 1. und zu Beginn des 2. Aktes, der »Literaten« in der 23. Szene des 2. Aktes und nochmals zum Ende dieses Aktes. Diese Chöre werden aber nicht nur um der Tradition willen eingesetzt. Sie sind verknüpft mit den gesellschaftsbezogenen Szenen des *Talisman*, in denen das Spiel von der Macht der Vorurteile und ihrer Überwindung auf eine jeweils höhere soziale Ebene gehoben wird. Der Einordnung des Spieles in gesellschaftliche Bezüge entspricht ein konsequenter Wechsel der Schauplätze in allen drei Akten, der bei DUPEUTY fehlt. In jedem Akt steht eine gesellschaftliche Ober- einer Unterbühne gegenüber. (Auf die Bedeutung des Prinzips der Simultanbühne bei *Nestroy* wurde schon hingewiesen.) Der Zweipoligkeit der Bühnenbilder entspricht der Wechsel zwischen Szenen, die ein Thema »verkörpern« und Probleme auf dem Theater sichtbar machen und der Darstellung des Themas auf einer intellektuell-sprachlichen Ebene, die zum Teil die Handlungsfiktion aufhebt. Im 1. Akt kann man den Wechsel zweier theatralischer Methoden beobachten, indem die Macht der Vorurteile in den Ensembleszenen am Aktbeginn sichtbar wird, während dasselbe Thema im Monolog und im Couplet des *Titus Feuerfuchs* sprachlich, räsonierend und reflektierend, außerhalb der Handlungsfiktion behandelt wird. Im *Talisman* wird nicht nur zwischen oben und unten, zwischen Soli- und Ensembleszenen gewechselt. Für die Struktur des Stückes sind Spiegelungen kennzeichnend: der Chor, mit dem der 1. Akt schließt, entspricht bis in Einzelheiten dem Chor der Bauernburschen und -mädchen am Anfang. Die Spiegelung von Ouverture und Finale des Aktes wird auf die beiden Hauptfiguren übertragen. Der Akt beginnt mit einem Ensemble um *Salome* und endet mit einem Ensemble um *Titus*. Im 2. Akt spiegeln sich die gesellschaftskritischen Szenen um die *Gartenknechte* am Anfang und um die *Damen und Herren* des literarischen Salons. Der 3. Akt schließlich ist auf weiten Strecken eine Spiegelung des von DUPEUTY entlehnten Spieles um die beiden Perücken. Auch das Quodlibet-Terzett ist daher in diesem am stärksten parodistisch akzentuierten Akt am Platze. Es wird dem im ganzen *Talisman* zu beobachtenden Prinzip der Illusionsumwandlung und der Fiktionsaufhebung gerecht, in dem Fall durch die Umsetzung der Possenfiktion in die der Opernparodie. Der *Talisman* änderte seine Qualität sofort, wenn ein Regisseur den kunstvollen Zusammenhang von Musik, Sprache und Inszenierung zerrisse, der nicht nur im Quodlibet-Terzett die Struktur des Spieles charakterisiert. Auch in den Schlußtableaus der Akte ist der Zusammenklang der oft getrennt eingesetzten Elemente zu bemerken. Aus dem Schlußtableau des 2. Aktes darf man daher nicht den dümmlichen Schlußchor der bloßgestellten Literaten herausnehmen. Das Schlußtableau ist eine effektvolle und komische Synthese von Sprache, Handlung und Musik: *Titus* geht mit GRILLPARZER ab — *Das ist Ottokars Glück und Ende.* Dazu gibt *Nestroy* die entsprechende Szenenanweisung: *geht langsam mit gesenktem Haupte zur Mitte ab.*

Nun setzt der Chor der Gäste ein und enthüllt noch einmal, wes
Geistes Kind diese »Literaten« sind:

> *Nein, das ist wirklich der Müh' wert:*
> *Hat man je so was gehört!*

In dem Augenblick, wenn neben der Macht auch die Ohnmacht der
Gesellschaft auf der Komödienbühne sichtbar werden soll, weist der
Autor an: *Frau von Cypressenburg affektirt eine Ohnmacht, unter all-*
gemeiner Verwirrung fällt der Vorhang. Solche Schlußtableaus, in denen
die in der Regel alternierend eingesetzten Strukturelemente zusam-
mengefügt werden, gehören zu den Gipfeln der komischen Theater-
kunst, sie erinnern an GOGOLS Schlußtableau im »Revisor«, in dem
ebenfalls die Sprache in den Mimus zurückgeführt wird und gleichzeitig Verwirrung und Erstarrung herrschen.

Von allen Strukturelementen des *Talisman* wird bei der Analyse
am ehesten die Musik unterschlagen. Das liegt vielfach an der
Editionstechnik. Bisher werden von den Possen mit Gesang nur
die Possen herausgegeben, während die Originalpartituten in den
Archiven ruhen. Wie schon erwähnt, spielte für *Nestroy* selbst die
Musik eine große Rolle. Briefe zeigen, daß er in den Quodlibets
Glanzpunkte seiner Kunst sah[11]. Ein Regisseur, der sich überlegt,
ob er das Quodlibet-Terzett im 3. Akt streichen oder spielen soll,
müßte diese Selbsteinschätzung *Nestroys* zur Kenntnis nehmen und
die Originalpartitur heranziehen, um zu sehen, wie witzig und aufschlußreich dieses Spiel im Spiel wird, wenn es mit der Musik gehört
wird. In der ungenauen Edition durch ROMMEL, auf die das Theater
bisher angewiesen war, konnte man nicht einmal den Witz und die
Ironie bemerken, die in Duetten stecken, weil sie nicht als Duette
zu erkennen waren[12].

Um die musikalischen Anspielungen anzudeuten, wird die Struktur des Quodlibets anhand der Originalpartitur skizziert; indem angegeben wird, welche musikalischen Quellen bei den einzelnen
Texten benutzt worden sind:

ab *Titus! Titus!* — die gleichnamige Oper von MOZART,
ab *Thun Sie nicht von mir sich wenden* — »Norma« von BELLINI,

---

[11] In einem unveröffentlichten Brief an Pellet-Heisenhuth vom 29. September 1836: »Das Quodlibetterzett zu singen, ist mir schlechterdings
unmöglich, und ohne Quodlibet, welches eigentlich mein Glanzpunkt ist,
ist die Rolle zu unbedeutend, als daß damit das Publikum als Gastvor-
stellung sich begnügen könnte«. (Briefsammlung der Wiener Stadtbibliothek Nr. 44 970).
[12] Rommel ist bei der Edition des Quodlibets ungenau, obwohl er die
Originalpartitur berücksichtigte. Siehe unseren Editionsbericht auf S. 101

ab *Wird man von solchen Leuten malträtiert* — »Tell« von ROSSINI,

ab *Meiner Gall' war früher ich nicht Meister* — Volksliedmelodie,

ab *Es tobet in mir Rache* — »Die Hugenotten« von MEYERBEER,

ab *und Spott . . radara . . . .* — Lachlied aus der »Kirchweih in der Bri-
gittenau« von ADOLF MÜLLER,

ab *Was ist das?* — *jetzt bey der?* — »Die Nachwandlerin« von BEL-
LINI,

ab *Ach, sie im Netz zu sehen* — »Die Hugenotten« von MEYERBEER,

ab *Man schmeichelt sich mit Hoffnung oft* — Mazurka, vermutlich von
ADOLF MÜLLER,

ab *Mein Bruder der Jodl singt so* — Lied aus *Nestroys* »Der gefühlvolle
Kerkermeister,« Musik von ADOLF MÜLLER,

ab *Bald wird's anders werden* — Tambour-Galopp, vermutlich von
ADOLF MÜLLER,

Die Parodie macht nicht vor *Nestroy* und seinem Hauskompo-
nisten ADOLF MÜLLER halt. Auf pathetische Stellen folgen freche.
Große Oper und Wiener Musik klingen neben- und gegeneinander.
Auch ohne den Bekanntheitsgrad der Melodien zu Lebzeiten
Nestroys ist das Quodlibet im Original spielbar. Vor allem der in
einem Galopp endende Rhythmus des Schlusses interpretiert den
Talisman und das menschliche Leben als humane Komödie, als Ge-
lächter trotz aller Schicksalstücken.

Zur Wirkungsgeschichte

Der Talisman gehört zu den erfolgreichsten Stücken *Nestroys*. Der
Beifall ist dem Stück heute vielleicht noch sicherer als 1840, da die
Sensibilität der Regisseure, Schauspieler und Zuschauer für dieses
Spiel um die Macht der Vorurteile, des Geldes und ihrer Überwindung durch die Liebe zweier Außenseiter gewachsen ist. Das
Stück erreicht dank seiner Struktur auch heute noch sowohl An-
spruchsvolle als auch den »Mann auf der Straße«. Diese doppelte
Wirkung erzielte das Stück schon zu *Nestroys* Zeiten. Es begeisterte
sowohl KIERKEGAARD, der das Spiel bei seinem ersten Aufenthalt
in Berlin (1841/42) gesehen hatte, als auch einen heute längst ver-
gessenen Herrn KUFFNER, der sich in der Wiener Theaterzeitung
äußerte. KIERKEGAARD schrieb 1843 nieder: »Als ich nach Stralsund
kam und in der Zeitung las, daß auf jenem Theater Nestroys Talisman aufgeführt werden sollte, wurde mir gleich wohl zumute. Die
Erinnerung an das Königstädter Theater erwachte in meiner

Seele . . .«[1]. KUFFNERS Verse in der Wiener Theaterzeitung vom
5. und 6. »Jänner« 1841, unter dem Eindruck der Uraufführung
entstanden, sollen zeigen, wie enthusiastisch die Aufnahme des
Stücks in Wien war. Als »Probates Mittel« empfahl er unter anderem
im vierhebigen Cid-Vers

> . . ». . . . Bist du krank, und brauchst zu Deiner
> Heilung Seelen-Arznei,
> Oder eine Geistermischung
> Von Champagner und von Rheinwein?
> Lieber Freund! Du forderst viel,
> Forderst nichts Gering'res als,
> Was dem Menschen frohe Stunden,
> Stunden zu Minuten macht.
> Ach! dazu bedürftest du
> Eines mächt'gen Talismans!
> Gern möcht' ich dir einen senden,
> Aber mit dem Feenreiche
> Sind dahin die Talismane.
> Einen Rat nur kann ich geben:
> Frommt dir nur ein Talisman
> Von bewährter Zauberkraft
> Geh' zum Zaub'rer Nestroy.«

Von Wien aus eroberte der *Talisman* rasch die Bühnen der österreichischen Provinz. Wie die Wiener Theaterzeitung berichtete,
wurde das Stück schon im April 1841 in Klagenfurt gegeben; kurz
darauf freute sich Linz auf »Nestroys vielgerühmten Talisman«.
Aber nicht nur in Österreich erlebte das Stück Erfolg nach Erfolg,
noch im April 1841 wird es in Dresden aufgeführt und hat in Nürnberg »allgemeinen und lauten Applaus erhalten«[2]. Der geschäfts-
tüchtige Theaterdirektor CARL hat diesen Siegeszug schließlich im
Mai 1841 dadurch honoriert, daß er *Nestroy* außer dem vertrags-
mäßig festgesetzten Honorar eine wertvolle »Busennadel mit

---

[1] Kierkegaard sah den »Talisman« im Königstädter Theater in Berlin,
einem Possentheater, in dem auch Nestroy gastierte. Die Bemerkung
stammt aus »Gjentagelsen«, übersetzt als »Die Wiederholung« von
Emanuel Hirsch, Düsseldorf, 1955. Hier zitiert nach Schauspielhaus
Zürich, Programmheft 4, 1967—68, S. 1.
[2] Alle diese Angaben stützen sich auf Bäuerles »Wiener Theaterzeitung«, eine der wichtigsten Quellen für die Wirkungsgeschichte der
Nestroyschen Stücke. Die Theaterzeitung ist in Wien ohne Schwierigkeiten in der Stadt- wie in der Nationalbibliothek zugänglich. In diesem
Fall: Nr. 101 vom 28. April 1841.

Brillanten«[3] zum Geschenk machte. Vielleicht hat diese Wirkung des *Talisman* die Konkurrenz des Theaters in der Josefstadt gewurmt und den Sekretär dieser Bühne, KUPELWIESER, verführt, ebenfalls den »Bonaventure« zu bearbeiten, um *Nestroy* den Rang abzulaufen. Auch bei den *Nestroy*stücken »Papiere des Teufels« und »Höllenangst« traf KUPELWIESER in der Stoffwahl auf den weit überlegenen Autor der CARL-Theater. KUPELWIESER lehnte sich ausdrücklich eng an das französische Vorbild an. Er hat aber zumindest den erotischen und provozierenden Schluß des »Bonaventure« verfälscht. Leider ist der Text KUPELWIESERS nicht mehr aufzufinden. Lediglich die Originalpartitur mit den Liedtexten[4] und die zeitgenössische Kritik lassen den Vergleich mit dem *Talisman* zu, der auf der Grundlage des ganzen KUPELWIESER-Textes reizvoller wäre, weil man dann mühelos erkennen könnte, wie zwei Autoren unterschiedlichen Rangs aus demselben Stoff und unter Konventionen derselben Gattung arbeitend zwei Spiele unterschiedlicher Qualität machten. KUPELWIESER folgte mit seinem konkurrierenden Stück »Roth, braun und blond oder Die drei Wittfrauen« dem *Talisman* schon am 16. Januar 1841. Die »Wiener Theaterzeitung« schrieb zwei Tage nach der Uraufführung: »Vorgestern am 16. des Monats ... mit Abänderung des Schlusses ,Roth, braun und blond, oder die drei Witfrauen', Posse mit Gesang, treu nach dem Französischen von Kupelwieser. — Frei oder treu! das ist die große Frage —. ... Ohne hier mit des genialen Nestroys gleichstoffigem Stück Parallelen zu ziehen, äußern wir unverhohlen, daß der einzige Fehler dieser Posse in ihrer zu großen Treue liegt, welches eine Einfachheit der Situation und einen Episodenmangel nach sich zog, die selbst von dem sichtlichen Aufwande von Einfällen und Witzpointen nicht gänzlich gedeckt werden konnten ...« Freilich macht diese noch freundlichste Kritik zu sehr den »Bonaventure« für den Mißerfolg verantwortlich. Eine wirkliche Übersetzung ohne Verfälschung des Schlusses hätte vermutlich einen größeren Erfolg als KUPELWIESERS Mischmasch erzielt.

Der *Talisman* gehört zu den Stücken *Nestroys*, die bald über die deutschsprachigen Bühnen gingen und den Beweis erbrachten, daß *Nestroy*stücke auch ohne *Nestroy* aufführbar sind, daß sie keineswegs an Fragen des Dialekts scheitern. Dafür gibt es frühe nord- und

---

[3] Wiener Theaterzeitung Nr. 121 vom 21. Mai 1841. Selbst dieses wertvolle Geschenk konnte nur symbolisch gutmachen, daß Carl am »Talisman« weit mehr verdiente als Nestroy.

[4] Musikaliensammlung der Nationalbibliothek Wien, M. N. 25 038, von »Josef K.«, der Name des Komponisten Carl Binder dagegen ist ausgeschrieben. Die Texte Kupelwiesers werden erstmals in der Frankfurter Dissertation des Verfassers herausgebracht.

mitteldeutsche Zeugnisse. Aus Hamburg liegt eines der wenigen Zeugnisse *Nestroys* über das Stück vor. In der Hansestadt war GUTZKOW von Wien aus gegen *Nestroy* aufgehetzt worden. In seinem »Telegraph« wurde der Erfolg des Stückes verkleinert. *Nestroy* nahm zu dieser Haltung GUTZKOWS in einem Brief vom 31. Juli aus Hamburg Stellung und schrieb: »Das Auffallendste ist noch, daß er vom Talisman, wo es mir erst vollkommen gelang, alle Stimmen für mich zu gewinnen, noch viel kleiner spricht, als von der ersten Vorstellung . . .«[5] Demgegenüber bestätigt ein Korrespondentenbericht der »Wiener Theaterzeitung« aus Hamburg vom 19. Juli 1841 die Selbsteinschätzung *Nestroys*. Diese Kritik belegt außerdem, daß Nestroy in Norddeutschland zuerst durch sein Werk bekannt geworden war. Sie geht nicht wie die Wiener Kritik und in ihrem Gefolge auch noch ein Teil der *Nestroy*forscher zuerst vom Schauspieler *Nestroy* aus. Der Kritiker »J. C. S.« schrieb: «Es scheint, daß das Interesse, welches der fruchtbare Dichter Nestroy erregt, sich auf den Schauspieler Nestroy übertragen läßt, ohne zu verlieren«[6]. Über den Erfolg des *Talismans* überliefert der Korrespondent: »Zwei Tage darauf spielte er den Titus Feuerfuchs im ,Talisman' Das Theater war noch besser besetzt als das erste Mal und der Applaus steigerte sich mit jeder Scene . . . Nestroy trat den Tag darauf wieder als Feuerfuchs auf, und er erfreute sich eines Applauses, der bei uns zu den Seltenheiten gehört und nur im Süden gebräuchlich ist . . .«[7] Auch in Frankfurt am Main waren *Nestroy* und *Der Talisman* nicht erst durch seine Gastspielreise bekannt geworden. Ehe er selbst im August 1847 auftrat, waren seine Stücke, unter ihnen *Der Talisman*, gespielt worden. *Der Talisman* wurde in Frankfurt ohne Nestroy mit Erfolg im August 1841 und im April 1843 gegeben. Sein Gastspiel eröffnete er am 30. August 1847 mit dem *Talisman*, mit ihm gastierte er unter Beifall am 11. September 1847 in Mainz und am 19. September in Wiesbaden.

Die zweite Welle der *Nestroy*renaissance[8] hat zurecht auch den *Talisman* mit nach oben getragen. Der Satire und der Doppelbödig-

---

[5] Brief aus Hamburg vom 31. Juli 1841, Brukner a. a. O., S. 28.

[6] Ausgabe der Theaterzeitung vom 19. Juli 1841. In Wien schien für fast zwanzig Jahre mit dem Tod Nestroys auch das Geschick seiner Stücke besiegelt zu sein. Man konnte sich Nestroystücke ohne Nestroy nicht vorstellen.

[7] Vor dem »Talisman« hatte er »Glück, Mißbrauch und Rückkehr oder das Geheimnis des grauen Hauses« für sein Hamburger Gastspiel gewählt. Er spielte den Blasius Rohr, eine Figur, die Züge des Titus Feuerfuchs vorwegnimmt.

[8] Die erste Welle der Nestroyrenaissance wird durch Karl Kraus ausgelöst, vor allem mit seinem Gedenkaufsatz, der 1912 in seiner Zeitschrift »Die Fackel« erschien mit dem Titel »Nestroy und die Nachwelt«. Die

keit des Spiels, seiner überraschenden Aktualität werden freilich nur
wenige Inszenierungen gerecht. Doch allmählich setzt sich in der
Theaterpraxis die Erkenntnis durch, daß *Nestroys* Komödien nicht
biedermeierlich verzuckert gegeben werden dürfen, daß das Bittere
und Bösartige, daß der Januskopf des Menschen sichtbar werden
müssen. So mag es ein Glücksfall sein, daß in Wien die *Nestroy*-
Rolle des *Titus Feuerfuchs* nun auch mit HELMUT QUALTINGER besetzt
werden kann, der selbst als satirischer Autor mit dem viele Wiener
empörenden Herrn Karl in der *Nestroy*-Nachfolge steht. Der Herr
Karl entlarvt das Falsche und Gefährliche am durchschnittlichen
Wiener, er zeigt wie *Nestroy* die Banalität des Bösen. Den *Titus
Feuerfuchs* spielt QUALTINGER daher viel zwiespältiger, bösartiger als
die meisten anderen Schauspieler. Bei QUALTINGER verletzt *Titus*, weil
er verletzt worden ist. QUALTINGER in dieser wichtigen *Nestroy*rolle
mag auf Anhieb verständlich machen, warum *Nestroy* zu den Vätern
des modernen satirischen und Illusionen störenden komischen
Theaters gehört. DÜRRENMATT weiß sich ihm verpflichtet. Er gehört zu den wenigen modernen Autoren, die sich dessen bewußt
sind, wie es auch KARL KRAUS nie verhehlte, daß er von *Nestroy* gelernt hat.

Nestroys Wirkung ist unterdessen nicht mehr nur auf den deutschen Sprachkreis begrenzt. Im Angelsächsischen hat ihn THORNTON
WILDER zu popularisieren versucht. Die erste Tragikomödie des
kleinen Angestellten »Einen Jux will er sich machen« hat WILDER
als Vorbild für sein Lustspiel »The Merchant of Yonkers« genommen, aus dem später »The Matchmaker« (Die Heiratsvermittlerin)
wurde. WILDER schrieb auch das Vorwort zu einer Übersetzung von
Nestroy-Stücken[9], darunter auch »The Talisman«.

Noch am Rande ist zu erwähnen, daß der *Talisman* auch Vorbild
für ein Ballett von FRANZ SALMHOFER und für eine »Burleske Oper«
nach *Nestroy* von HEINRICH SUTERMEISTER[10] ist. SUTERMEISTERS

---

zweite Welle der Nestroyrenaissance setzt nach 1945 ein, als Autoren wie
Dürrenmatt die Wahlverwandtschaft Nestroys mit dem modernen ab-
surden und grotesken Theater erkennen und als in Österreich wieder
stärker das Selbstgefühl für seine besondere Kultur lebt. Nun wird
Nestroy, der erst 1901 zum ersten Male im Burgtheater gespielt wurde,
zum österreichischen Klassiker. (Vgl. Herbert W. Reichert. Some Causes
of the Nestroy Renaissance in Vienna. Monatshefte Massachuchetts 4 A,
1957, S. 221—230. und O. M. Fontana. Die Wiener Grillparzer-, Raimund-
und Nestroyaufführungen seit 1945. Maske und Kothurn 8, 1962,
S. 132—141.

[9] A Man Full of Nothing (Der Zerrissene). — The Talisman. — Love
Affairs and Wedding Bells (Liebesgeschichten und Heiratssachen). Übersetzt von Max Knight und Joseph Fabry. New York 1967.

[10] Sutermeisters Libretto ist 1958 in Mainz erschienen.

Titel lehnt sich an den ursprünglich von *Nestroy* für das Stück geplanten Namen an: »Titus Feuerfuchs oder Liebe, Tücke und
Perücke«. Das Textbuch umfaßt in zwei Akten 5 Bilder. Es ist eine
geschickte Mischung aus Texten und Liedern *Nestroys* und Ände-
rungen von SUTERMEISTER. *Der Talisman* dient freilich ebenso nur
als Vorlage wie der »Bonaventure« für *Nestroy*. Es wäre freilich ungerecht, SUTERMEISTER vorrechnen zu wollen, was er alles nicht vom
Talisman verstanden hätte. Mit am wirkungsvollsten ist die Übersetzung der »literarischen« *Frau von Cypressenburg* zur dilettierenden
Komponistin, die ihre Lieder zu Worten singt, die von *Nestroy*
stammen, HEIDEGGER parodieren oder der unfreiwillig komischen
FRIEDERIKE KEMPNER entlehnt sind.

Literatur (in Auswahl)

BASIL, OTTO: Johann Nestroy. In Selbstzeugnissen und Bilddokumenten
    Hamburg 1967. (Geeignet als erste Begegnung mit dem Leben und
    Werk Nestroys.)
BOEGE, GÜNTHER: Nestroy als Bearbeiter. Studien zu »Die verhängnis-
    volle Faschingsnacht«, »Der Unbedeutende« und »Judith und
    Holofernes». Diss. Frankfurt 1968. (Als parallele Untersuchung auch
    für das Verhältnis des »Talisman« zu seiner Vorlage aufschlußreich).
BRILL, SIEGFRIED: Die Komödie der Sprache. Nürnberg 1967. (Wichtige
    Frankfurter Dissertation, die jedoch zu einseitig nur das sprachliche
    Kunstwerk würdigt und Nestroy als komödiantischem Theaterautor
    nicht gerecht wird.)
DIEHL, SIEGFRIED: Zauberei und Satire im Frühwerk Nestroys. Mit
    neuen Handschriften zum »Konfusen Zauberer« und zum »Zauberer
    Sulphur . . .«. Bad Homburg, Berlin, Zürich 1969. (Frankfurter
    Dissertation, die einen Zugang zum bisher verkannten Frühwerk
    schafft.)
FISCHER, ERNST: Von Grillparzer zu Kafka. Sechs Essays. Wien 1962.
    (Im Aufsatz über Nestroy aufschlußreiche Hinweise auf den Talisman.)
FORST DE BATTAGLIA, OTTO: Johann Nestroy. München 1962 (Bom-
    bastischer Stil und zu einseitige Akzentuierung des Österreichischen
    im Werk Nestroys).
GLADT, KARL: Die Handschriften Johann Nestroys. Graz 1967. (Über-
    blick über den Handschriftenbestand der Wiener Stadtbibliothek)
HEIN, JÜRGEN: Nestroy-Forschung in: Wirkendes Wort 1968, Heft 4,
    S. 232—245. (Forschungsbericht über den Zeitraum von 1901 bis
    1966.)
HERLES, HELMUT: Nestroys Komödie »Der Talisman«. Von der ersten
    Notiz zum vollendeten Werk. Mit bisher unveröffentlichten Hand-
    schriften. Diss. Frankfurt 1969. (Erste umfassende Untersuchung der
    Entstehung einer Nestroyschen Komödie. Analyse des vollendeten
    Spieles, Veröffentlichung und Übersetzung der französischen Vor-
    lage.)

HILLACH, ANSGAR: Die Dramatisierung des komischen Dialogs. Figur
und Rolle bei Nestroy. München 1967. (Erwidert Brill, wird dem
Bühnenautor Nestroy gerechter.)
HÖLLERER, WALTER: Zwischen Klassik und Moderne. Lachen und
Weinen in der Dichtung einer Übergangszeit. Stuttgart 1958. (Ver-
steht Nestroy als einen der Väter der »Moderne« auf dem Theater.)
KOCH, WALTER: Johann Nestroy als Schauspieler. Diss. Innsbruck 1934.
(Materialreiche Übersicht über die Theatergeschichte der Nestroy-
schen Stücke, auch für die Analyse aufschlußreich.)
KRAUS, KARL: Nestroy und die Nachwelt. Die Fackel, Jahrgang 1912,
Nr. 349/50. (Beginn der Nestroy-Renaissance.)
MAUTNER, FRANZ HERMANN: Der Talisman. In: Das Deutsche Drama.
hrsg. v. Benno von Wiese. Düsseldorf 1958. (Interpretiert den Talis-
man als eine Satire in dem »Mimikry« der Wiener Posse mit Gesang.)
OREL, ALFRED: Opernsänger Johann Nestroy. In: Jahrbuch des Ver-
eines für Geschichte der Stadt Wien. Bd. 14, 1958. (Klärt Voraus-
setzungen für die Bedeutung der Musik im Werk Nestroys.)
PREISNER, RIO: Johann Nepomuk Nestroy. Der Schöpfer der tragischen
Posse. München 1968. (Philosophische Akzentuierung. Interpreta-
tionen, die vor allem für die Aufnahme Nestroys im modernen
tschechischen Theater bedeutsam wurden.)
ROMMEL, OTTO mit BRUKNER, FRITZ und HOFFMANN, ANTON: Johann
Nestroy. Sämtliche Werke. Historisch-kritische Gesamtausgabe in
15 Bänden. Wien 1924—30. (Reiches Material für die Literatur- und
Theatergeschichte der einzelnen Stücke. Philologisch unterdessen
ergänzungsbedürftig. Für das Verständnis des Gesamtwerkes ist noch
immer Rommels Beitrag zur Geschichte der Wiener Volkskomik in
Bd. 15 unentbehrlich.)
ROMMEL, OTTO: Johann Nestroy. Der Satiriker auf der Altwiener Komödienbühne. Wien 1948/49. (Im Bd. 1 der kleineren, im wesentlichen unveränderten 6 bändigen Nestroy-Ausgabe, ebenfalls Pflicht-
lektüre.)
ROMMEL, OTTO: Die Alt-Wiener Volkskomödie. Ihre Geschichte vom
barocken Welttheater bis zum Tode Nestroys. Wien 1952. (Das
Standardwerk über die Tradition, in der Nestroy steht und die er
abschließt.)
TÖNZ, LEO: Nestroys Talisman und seine französische Vorlage. Diss.
Wien 1967 (Ohne Berücksichtigung der Handschriften, in wesentlichen Teilen nicht über die Frankfurter Magisterarbeit zum gleichen
Thema von Herles, Frankfurter Stadtbibliothek 1965, hinausgehend.)

Wort- und Sacherklärungen[1]

a l'enfant: Frisur, hier Perücke mit kleinen, wirren Locken.
anbrandeln: anzünden.

---

[1] Ausführlichere Erklärungen in der 15 bändigen Rommel-Ausgabe,
Wien 1924—30, die auf einschlägige Lexika hinweist und zeitgenössische
Parallelen zitiert.

antichambrisch: Antichambre, Vorzimmer.

aufschnappen: sterben.

aushienzen: verspotten, verhöhnen.

Belisar: berühmter byzantinischer Feldherr im 6. Jahrhundert, zur Zeit Nestroys populär durch ein Trauerspiel Eduard von Schenks und eine Oper Donizettis.

Biegel: Schenkel beim Geflügel.

Bierversilberer: österreichisches Wort für Bierhändler. Etwas versilbern, etwas zu Geld machen. Es gibt auch Holz- und Schmalzversilberer.

Blumage rangieren: Blumenschmuck arrangieren, zugleich Spott auf das in der Wiener Gesellschaft oft gebrauchte Halb-Französisch.

Bremsler: nervöses Zucken.

brodeln: bummeln, zuviel Zeit brauchen.

Burg: Burgtheater in Wien.

chappa-via-Stiefel: nach dem italienischen Wort für Durchgehen »scappa-via«.

Consulent: Vertrauter, Ratgeber.

dasig: schwindlig, benommen, dasig machen bedeutet betören, überlisten.

doni: weg, hinweg, herunter.

Drittes Kaffeehaus: Ausflugsziel im Wiener Prater.

eigen: auch im Sinn von merkwürdig, seltsam.

Faden: der ausgehende Faden — fehlendes Geld.

Facinetteln: Taschentücher, im Zusammenhang der 25. Szene im 2. Akt Anspielung auf das Othello-Motiv.

ferm: aus dem Französischen: ein fermes Verhältnis, ein vollkommenes, festes Verhältnis.

fi donc: Pfui Teufel.

Florianiköpfel: Anspielung auf den in barocken Landschaften populären Schutzheiligen gegen Feuersnot, hier im Zusammenhang mit den »feuerroten« Haaren.

fretten: sich durchbringen.

Freundschaft: Verwandtschaft.

Godl: Patin.

G'schwuf: Stutzer.

Gusto: Geschmack, aber auch Appetit.

G'wölb: Geschäft, Kaufhalle, nach der Bauweise alter Häuser.

Häfen: Gefäß.

heidipritsch: flugs fort, Aufforderung, sich schnell zu entfernen.

Jodel: Gemeindestier, oft ein grober Mensch, Spottnamen für die Bäckergesellen.

Kampl: Geselle, Kumpan, auch im etwas abfälligen Sinn.

Kasten: oft für Schrank.

Kaput: langer Oberrock.

Katherl: Perücke.

Kondition: hier für eine Stellung, einen Broterwerb.

Krampen: Spitzhacke.

Lebensbild: Mischform aus Lustspiel und Rührstück, die Friedrich Kaiser vergeblich auf dem Wiener Vorstadttheater zu etablieren versuchte.

Lackel: Schimpf auf großen Menschen.

Lackerl: Pfütze, beispielsweise Bierlackerl.

Linigraben: nach der Linie, dem 1703 angelegten Verteidigungsring um Wien, heute der Gürtel.

Löllaps: Narr, Dummkopf.

Mahm: Muhme, Base.

Martini: Martinstag am 11. November, wichtiger Termin in der bäuerlichen Gesellschaft.

Mauth: Zoll.

Mille fleurs: laut Rommel nach dem Parfüm: »eau de mille fleurs«. (Tausend Blumen).

Nachkirtag: Nachkirmes. Tag nach der Kirchweihfeier, oft noch ausgelassener begangen als das eigentliche Fest.

Nocken: Wiener Mehlspeise. Zugleich Schimpfwort für dummen Menschen.

Offizin: Friseurladen.

occidentalische Frage: Anspielung auf die orientalische Frage.

Ottokars Glück und Ende: nach dem gleichnamigen Stück von Grillparzer, das 1829 im Burgtheater uraufgeführt worden war.

Patzenferl: Stock des Schulmeisters, abgeleitet von P(B)atzn(Schlag) und ferula (lat. Rute), (nach Rommel).

pfürt di: bajuwarisch, im Sinn von »behüt dich Gott«.

Pirutsch: halboffener Wagen.

Plutzerkern: Kürbiskern.

präferanzeln: nach dem Kartenspiel Preference.

Pockerl: Truthahn.

Rastelbinder: Zigeuner, Landstreicher, der sich sein Brot dadurch verdient, indem er zerbrochene Töpfe flickt.

repromandieren: tadeln, (verderbt).

Rosomi: Verstand.

Schanzel: Obstmarkt am Donaukanal.

schmafu: französisch — je m'en foute — schuftig, schmählich.

Schnackerl: Schluchzen.

Schub: auf dem Schub, durch die Polizei abgeführt oder ausgewiesen.

schundig: schäbig, geizig.

Sekkatur: jemanden ständig ärgern.

Spalettladen: hölzerner Fensterladen.

Tandelmarkt: Trödelmarkt.

tentiren: versuchen.

Titus: Namen, im Talisman vermutlich nach dem Tituskopf, einer in Frankreich unter dem Konsulat aufgekommenen Mode, das Haar kurz und in Löckchen gelegt zu tragen.

Tour: Haarteil, Perücke.

Tourniere: verballhorntes Französisch, Tournure=Haltung.

vacierend: wandernder Handwerksbursche.

verschloffen: verschliefen in der Jägersprache, sich verkriechen.

vorrupfen: beschuldigen.

INHALTSVERZEICHNIS

Text

Seite

Der Talisman. Posse mit Gesang in drei Acten 5

Anhang. Aus *Nestroys* Werkstatt 93

Materialien zum Verständnis des Textes

Editionsbericht. 96

Zur Entstehungsgeschichte 101

Gattungsgeschichtliche Einordnung 107

Zur Analyse des Stücks 111

Zur Wirkungsgeschichte 126

Literatur (in Auswahl) 131

Wert- und Sacherklärungen 132